マーク・トウェイン ショートセレクション

百万ポンド紙幣

堀川志野舞 訳　ヨシタケシンスケ 絵

理論社

彼は生きているのか、それとも死んだのか？

Is He Living or Is He Dead?

一八九二年の三月、ぼくはリヴィエラのマントンで過ごしていた。この田舎町では、数マイル先にあるモンテカルロやニースで人がおおっぴらに手に入れるあらゆる利点を、ひっそりと手に入れられる。つまり、降りそそぐ日射し、心地よい風、輝く青い海といったものが、やかましいおしゃべり、大騒ぎ、羽根飾り、見せびらかしといった、余計なものを抜きにして楽しめるということだ。マントンという町は閑静で、素朴で、落ち着けて、気取りがないのだ。金持ちや派手な連中はここには来ない。ただし、金持ちが来ないというのは、絶対ではない。ときには金持ちがやって来ることもあり、やがてぼくはそのひとりと親しくなった。彼の正体を隠すため、仮にスミスと呼ぶことにしよう。ある日、ホテル・デザングレで二度目の朝食中に、スミスが声を上げた。

「ややっ！　ドアを出て行こうとしているあの男を見たまえ。どんな細かな部分も見逃さないように」

「なぜだい？」

「きみはあの男を知っているのか？」

「うん。彼なら、きみがここに来る数日前から滞在しているよ。もう引退したが、リヨンの絹製造業に携わっていた大金持ちの老人だって噂だ。いつも夢を見ているような悲しげなたたずまいで、誰とも話をしないところを見ると、この世にひとりぼっちなんだろうな。名前はテオフィル・マニャンというらしい」

スミスがムッシュー・マニャンに対してあれほど興味を示したのはなぜなのか、説明してもらえるものと思っていたが、彼はぼんやりと物思いに耽り、しばしぼくのことも何もかもが目に入らない様子だった。頭を働かせようとするためか、真綿のような白い髪をときおり指で梳き、そうこうするうちに朝食は冷めてしまった。

しばらくして、彼はようやく口を開いた。

「いかん、出てこない。思いだせないな」

「思いだせないって、何を?」

「ハンス・アンデルセンの小さな美しい物語のひとつだよ。すべては思いだせない。物語の一部はこんな感じだ。ある子どもが一羽の鳥を籠に入れて飼っていて、愛情を注いでいるのだが、うっかり世話を疎かにしてしまう。鳥がいくら歌っても、聴いてもらえないし構ってもらえない。やがて空腹と喉の渇きに襲われ、鳥の歌声は哀調に満ちた弱々しいものになり、とうとう歌声はやむ――鳥は死んでしまうのだ。やって来た子どもは、後悔で胸を詰まらせる。そして、さめざめと涙を流して嘆き悲しみ、仲間を呼び集めると、哀悼を表してなんともうやうやしく鳥を埋葬する。哀れにも子どもたちは知りもしないのだ。詩人を飢えさせておいて、盛大な葬式を出して豪華な記念碑を建てるような真似をするのは、自分たちだけではないということを。それだけの金があれば、詩人は死なずに済んで、苦労なく落ち着いた暮らしができていただろうに。さて――」

ところが、話はここで中断されてしまった。その日の夜十時頃、ぼくはまたスミスとばったり出くわし、部屋に来て煙草とホットスコッチに付き合わないかと誘われた。座り心地のよい椅子に明るいランプ、しっかり乾燥させたオリーブの薪を覆いのない暖炉で燃やした、ほっとさせてくれる炎。居心地のよい部屋だった。さらに完璧な仕上げとして、外では鈍い波音が轟いていた。二杯目のスコッチと怠惰で満ち足りたおしゃべりをひとしきり楽しんだあとで、スミスが言った。

「もう準備は――わたしが奇妙な過去の出来事を語り、きみがその話に耳を傾ける準備は――万端整ったかな。これは何年ものあいだ、秘密にしてきたことだ――わたしと三人の男の秘密だった。が、これからその封印を解くことにしよう。きみ、くつろげているかね?」

「ばっちりさ。どうぞ話を続けて」

彼がぼくに語ったのは、以下のような話だ。

遠い昔、わたしは若い芸術家で――もっと言えば、とても若い芸術家で――、こっちでスケッチし、あっちでスケッチし、という具合に、フランスの田舎をほっつき歩いていたのだが、やがて同じようなことをしている気のいいふたりの若きフランス人の仲間ができた。わたしたちは貧しいのと同じぐらい幸せだった、あるいは幸せなのと同じぐらい貧しかった――好きな表現を選んでくれて構わない。クロード・フレールとカール・ブーランジェ――それが彼らの名前だ。この愛すべき大切な仲間たちは、貧乏を笑い飛ばす底抜けに明るい連中で、わたしたちはどんな空模様のときも、尊く楽しい時間を過ごした。

ブルターニュのとある村で、いよいよのっぴきならない事態に追い込まれたが、わたしたちに負けず劣らず貧しいひとりの芸術家のところに泊めてもらえることになり、文字どおり飢え死にせずに済んだのだ――フランソワ・ミレーのおかげで――。

「なんだって！　あの偉大なフランソワ・ミレーのことかい？」

偉大な？　当時の彼はわたしたちと同様、偉大でもなんでもなかった。住んでいる村の中でさえも、名を馳せてなどいなかった。それに、ひどく貧しくて、わたしたちに食べさせられるものといったらカブだけで、ときにはそのカブさえも手に入らないことがあった。わたしたち四人はあっという間に親しくなり、欠点も気にならないほど互いを思いやり、離れがたい友人になった。揃ってひたすら絵を描きまくり、作品の山を築き上げていったが、売れることはめったになかった。わたしたちは幸せな時間を過ごしていたが、ああ！　幾度となく、どれほど貧しさに苦しめられていたことか！

　二年間ほど、こんなことが続いた。そしてある日とうとう、クロードが言った。

「みんな、もうおしまいだ。どういうことかわかるかい？　完全におしまいだってことさ。どいつもこいつもストライキときた――ぼくたちに対して同盟を組んでいるんだ。村中を回ってみたけど、いま話したとおりの状況だよ。残ってるツケを全部支払うまで、もう一サンチームも貸す気はないってさ」

　冷水を浴びせられたような気分だった。うろたえて、みんなの顔は青ざめていた。

にっちもさっちもいかない状況(じょうきょう)だと思い知らされたのだ。長い沈黙(ちんもく)があった。しばらくして、ため息混(ま)じりにミレーが言った。

「何も思いつかない――お手上げだ。誰(だれ)か、考えはないか」

返事はなかった。途方(とほう)に暮(く)れた沈黙を、返事と呼(よ)ばない限(かぎ)りは。カールが立ちあがり、落ち着きなくうろうろ歩き回ったあとで、口を開いた。

「こんなの、あんまりだ！　このカンバスの山を見てくれ。ヨーロッパのどんな画家が描(か)いた絵にもひけをとらない作品ばかりじゃないか。誰が相手でも、負けちゃいないのに。そうさ、ふらっと見に来た大勢(おおぜい)の連中も、同じことを言ってたし――とにかく、似(に)たようなことを」

「でも、絵は買わなかった」ミレーが言った。

「だとしても、言うには言ってた。おまけに、それは事実だ。そこにある、きみの『晩鐘(ばんしょう)』を見ろよ。その絵がどうして――」

「へっ――ぼくの『晩鐘』か！　それなら、五フランで買うって言われたよ」

「いっ！」

「誰に！」

「そいつはどこにいるんだ！」

「なんで売らなかった！」

「まあまあ――そういっぺんに話すなって。もっと出すと思ったんだ――間違いなく――そんな顔をしてたし――だから八フランで売ろうとしたんだ」

「なるほど――で？」

「また来るってさ」

「おったまげたな！　おい、フランソワ――」

「わかってる、わかってるって！　やっちまったよ、ぼくがばかだったんだ。でも、よかれと思ってしたことなんだ。みんななら、わかってくれるだろう、ぼくは――」

「もちろんだとも、きみの思いはしっかり受け止めているよ。だが、二度とばかな真似はするなよ」

「するもんか。誰かがやって来て、あの絵をキャベツと交換しようって言ってくれないもんかな――そしたら、交換してやるのに！」

「キャベツだと！　ああ、そんな言葉を口にしないでくれ――聞いただけでよだれが出てくるよ。もっと気楽な話題にしよう」

「みんな」とカールが呼びかけた。「ここにある絵は、本当に価値がないのかな？　答えてくれ」

「そんなことはない！」

「実に素晴らしく、非常に価値のある絵じゃないか？　答えてくれ」

「そのとおりだ」

「そんなに素晴らしくて価値のある絵なら、有名な画家の名前がついていれば、とんでもない高額で売れるはずだ。違うか？」

「そりゃそうだ。間違いない」

「しかし――ぼくはふざけてるんじゃないぞ――本当にそうだろうか？」

「それは、もちろんそうだよ——こっちだって、ふざけちゃいないさ。でも、それがなんだ？　どうしたっていうんだ？　そんなこと、ぼくらになんの関係が？」

「そういうわけなら、わが仲間たちよ——ここにある作品に、有名な画家の名前をつけようじゃないか！」

はずんでいた会話がぴたりと止まった。みんなは怪訝(けげん)そうな顔をカールに向けた。これはどういう謎(なぞ)かけなのだろう？　有名な名前をどこから借りてくるというのか？　そして、誰の名前を？

カールは腰(こし)をおろし、言った。

「じゃあ、いたって真面目(まじめ)な提案(ていあん)をさせてもらうよ。救貧院(きゅうひんいん)に入りたくなければ、ほかに方法はなさそうだし、間違いのない確実(かくじつ)なやり方だとぼくは信じている。これは人類の歴史において長期的に確立(かくりつ)された、いくつもの事実に基(もと)づく考えだ。この計画を実行すれば、ぼくらはみんな金持ちになれるはずだよ」

「金持ちだって！　きみ、どうかしちまったんだな」

「いや、ぼくは正気だ」

「いやいや、正気なもんか——どうかしてるよ。金持ちってのは、どういうことだ?」

「ひとりあたり十万フランを手に入れる」

「こいつ、どうかしてるよ。絶対だ」

「ああ、どうかしてる。カール、きみは貧しさに耐えかねて——」

「カール、薬を飲んで、いますぐ横になるんだ!」

「まずは包帯だ——こいつの頭に包帯を巻いて、それから——」

「いや、包帯を巻くなら、かかとに巻こう。脳のほうは、ここ何週間も動きを止めているんだから——ぼくは気づいてた」

「うるさい!」いかにも厳しい口調でミレーが言った。「彼の言い分を聞こうじゃないか。さあ——きみの計画を話してくれ、カール。どういう計画だ?」

「うん、それじゃあ、前置きとして言わせてもらうが、人類の歴史におけるこの事実について、心に留めておいてほしい。多くの偉大な芸術家たちは、飢えに苦しんで死ぬまでは、決して世間に認められなかったということを。このパターンがやたらと多いので、思いきって言わせてもらうが、ぼくはある法則を発見した。その法則とは——世間に顧みられない無名の偉大な芸術家の価値は、死んだあとに認められ、その絵の価格もはね上がるというものだ。そこでぼくの計画だが、みんなでくじを引くんだ——そして、誰かひとりが死ななければならない」

あまりにも冷静な口調で、思いがけない提案をされたため、わたしたちは跳び上がるのも忘れるところだった。そのあとは、またもや助言のオンパレードが始まった——カールの頭を心配した、医学的な助言だ。しかし、彼は騒ぎが収まるまでじっと辛抱強く待ってから、計画の続きを語りだした。

「そう、誰かひとりが死ななければならない。ほかのみんなを——それに、自分自身も救うためには。ぼくたちはくじを引く。選ばれたひとりは有名になり、ぼくらはみんな金持ちになる。まあまあ、落ち着いて、落ち着いて、口を挟まないでくれ

――自分が何を言っているかは、ちゃんとわかってるんだから。ぼくの計画はこうだ。死ぬことになっているひとりは、これから三か月間、全力を注いで描きに描きまくり、できる限り作品の数を増やすんだ――といっても、描くのは肖像画じゃないぞ、断じて違う！　簡素なスケッチ、習作、習作の一部、未完の習作、ちょちょいと絵筆をなすりつけただけのもの――当然、どれも意味のないものだが、彼の署名が入っている彼の作品だ。一日に五十枚、どの作品にもすぐにその画家のものだとわかるような癖やマンネリズムを含ませておく――そういうのが売れるんだよ、そして偉大な画家が死んだあとは、目ん玉が飛び出そうな値段で世界中の美術館に収集されるんだ。そんな作品をぼくらは山ほど手にしている――山ほどだ！　そのあいだ残りの三人は、死にかけているこの画家を支援するのに奔走して、パリと画商に働きかけておく――来るべき一大事に備えておくんだ。そして、すべてが最高潮に盛り上がって機が熟したところで、その画家が死んだことを発表して、盛大な葬儀をとりおこなう。これでわかってくれたかな？」

「い――や、全然、さっぱり――」

「さっぱりだって？　わからないのか？　その画家は本当に死ぬわけじゃないんだ。名前を変えて姿を消す。ぼくらは偽物を埋葬して、その死を嘆き悲しむ。世界中を味方につけてね。ぼくは――」

　けれど、カールは最後まで言わせてもらえなかった。みんながワッと拍手喝采を浴びせたから。小躍りして部屋の中を飛び回り、互いの首につかみかかって、喜びと感謝を表現した。空腹なんて感じもせずに、何時間ものあいだ、この見事な計画について話し合った。そしてついに、細かな点まで納得いくよう手はずが決まると、わたしたちはくじを引き、ミレーが選ばれた――言ってみれば、死ぬことに選ばれたのだ。そしてわたしたちは、未来の富のために賭けてみようというときが来るまで決して手放さなかったもの――形見の品やなんか――をかき集めると、その品々を質に入れて、つましい別れの夕食と朝食を取れるだけの金を捻出し、わたしたちが旅をする資金を数フランと、ミレーが数日間を乗り切るのに必要なカブやなんかの食糧を残した。

翌朝早く、朝食を済ませるとすぐにわたしたち三人は出発した――もちろん、徒歩で。作品を売るため、それぞれがミレーの小さな絵を大量に抱えて。カールはパリに向かい、来るべき重大な日に備えてミレーの名声を確立できるよう、働きかけることになっていた。クロードとわたしも別れて、フランスのあちこちを広く渡り歩いた。

さて、わたしたちがしたことがどんなに気楽で簡単なものだったか、知ったらきみは驚くだろう。わたしは二日間歩いたあとで、仕事に取りかかった。大きな町の郊外にある別荘のスケッチを始めたのだ――その別荘の持ち主が二階のベランダに立っているのが見えたからね。思ったとおり、その男はスケッチを眺めようと降りてきた。わたしは男の興味を引きつけておくため、素早く手を動かした。男はときどき、これはいいぞ、などと呟いていたが、やがては勢い込んで騒ぎ立て、きみは巨匠だと言ったんだ！

わたしは絵筆をおろし、肩掛けかばんの中に手を入れると、ミレーの作品を引っぱりだして、片隅に入った署名を指さした。そして誇らしげに言った。

「あなたなら、これが何かおわかりでしょうね？　実は、わたしは彼のもとで学んだのですよ！　自分の腕がどんなものかは、わかっているつもりです」

男は気まずそうな顔でとまどっていて、何も言わなかった。わたしは悲しげな声を出した。

「まさかフランソワ・ミレーの署名を知らないなんて、そんなことはないでしょう！」

そんな署名、知るはずがなかった。けれども彼は、これほど簡単な言葉で気まずい状況を切り抜けられることが、ありがたくてたまらないといった面持ちだった。

「まさか！　やはり、ミレーの署名か！　それ以外に何があると言うんだか。もちろん、ちゃんとわかっているとも」

次に、彼はその絵を買いたいと言った。しかしわたしは、自分は金持ちではないが、そこまで落ちぶれてもいない、と返事した。が、最終的に、八百フランなら売ってもいいと提示した。

「八百フラン！」

　そのとおり。ミレーなら、その絵を豚の切り身一枚とでも引き替えていただろう。そうとも、わたしはそのちっぽけな絵で八百フランを手に入れた。八千フラン払ってでも、取り返せるなら取り返したいものだが。だが、もう過ぎたことだ。わたしは男の別荘をとても上手に描いていて、十フランで売りたいと思っていたが、これほど偉大な巨匠の弟子ということになれば、その金額では見合わないので、百フランで自分の絵を男に売ってやった。八百フランには手をつけず、その町からミレーのもとにただちに送金して、翌日にはまた先を進みはじめた。

　とはいえ、徒歩ではなく——そう、馬車に乗ったのだ。そこから先はずっと馬車に乗った。毎日一枚、絵を売って、二枚売ろうとはしなかった。買い手には決まってこう話した——。

「フランソワ・ミレーの絵を売ろうなんて、わたしは本当に愚か者ですよ。ミレーの命は三か月ともたないでしょうし、彼が死んでしまったら、愛があろうとお金があろうと、もう作品は手に入れられなくなりますからね」

わたしは入念にそのささやかな事実をできるだけ遠くまで広めて、世界がそのときを迎える準備を整えた。

絵を売り歩くことに関しては、わたしの手柄だ――わたしが思いついた計画なのだ。あの最後の夜に作戦を立てているときにわたしが提案し、まずは試しに絵が売れるかやってみようということで、みんなの意見は一致していた。そして三人とも成功した。徒歩で旅をしたのは、わたしはたった二日、クロードも二日――ふたりとも、家から近すぎる場所でミレーが誉め称えられるのを心配していた――が、良心のかけらもない利口なカールは、わずか半日歩いただけで、そのあとは公爵様さながらの旅をした。

折に触れて地方紙の編集者に連絡を入れて、紙面に記事を掲載させた。新進気鋭の画家が発掘されたという記事ではなく、誰もがフランソワ・ミレーを知っているという前提に基づく記事を。どんな形であれミレーを賞賛する記事ではなく、〝巨匠〟の体調を気遣う言葉だけを――ときには希望を与え、ときには絶望的に、いずれにしても、常に最悪の事態に対する不安を仄めかして。わたしたちは必ずこうした記事に印をつけて、絵を購入した全員にその新聞を送ってやった。

ほどなくカールはパリに行き、強引な手を使って事を進めた。通信員たちと親しくなって、ミレーの病状についてイギリスやヨーロッパ全土、さらにはアメリカ、そして世界中に報道させたのだ。

始めてから六週間目の終わりに、わたしたち三人はパリで落ち合うと、ここらで切り上げることにして、ミレーに追加の絵を送らせるのをやめた。人気は急騰し、すっかり機は熟していたから、これ以上ぐずぐずせずに、いままさにこのタイミングでやるしかないと思ったのだ。そこでわたしたちはミレーに手紙を書き、床に伏して急激に衰弱しはじめるようにと伝えた。準備が整えば、ミレーには十日以内に死んでもらいたかった。

それからわたしたちは計算をして、合計で八十五枚の小さな肖像画と習作を売りさばき、その総額は六万九千フランになったことがわかった。最後の一枚を売ったのはカールだったが、それはすべての作品の中でもいちばんの傑作だった。『晩鐘』を二千二百フランで売ったのだ。わたしたちはどんなにカールを賞賛したことか！――フランスがその絵を手に入れようと躍起になり、外国人が五十五万フランの現金払いでかっさらっていく日が刻々と近づいていることなど、予想もせずに。

その夜はシャンパンをあけてしめくくりの夕食を取り、翌日クロードとわたしは荷物をまとめてミレーの最後の日々を看取るために帰り、おせっかいな連中を追い払った。待ち構えている世界に向けて情報を発信すべく、複数の大陸の紙面に記事を掲載させられるよう、パリにいるカールに日々の容態を知らせた。いよいよ悲しい別れが訪れ、カールも悲哀に満ちた最後の儀式を手伝えるよう、ぎりぎりで駆けつけた。

あの立派な葬儀はきみも覚えているだろう。世界中がどれほど大騒ぎになったかを。ふたつの世界の有名人が参列して哀悼の意を表したことを。わたしたち四人は――相変わらず離れがたく――棺を担ぎ、誰にも手を貸させなかった。それでよかったのだ。中には蝋人形しか入ってなかったし、ほかの棺を担いだことがある者なら、重さがおかしいと気づいただろうからね。そう、変わらぬわたしたち四人は、かつての苦しい時期に貧しさを愛おしく分かち合った四人は二度と戻らず、棺を担いで――。

「どの四人？」

「わたしたち四人だよ――ミレーが自分の棺を担ぐのを手伝ったから。そう、変装をして。親戚のふりをして――遠い親戚に成りすまして」

「信じられない話だ！」

そうは言っても、事実は事実だ。さて、どんなふうに絵の価値が上がるかは覚えているね。金額？　わたしたちにはどうすればいいのかわからなかった。現在、パリにミレーの絵を七十枚所有している男がいる。彼はそれらの絵を手に入れるため、わたしたちに二百万フランを支払った。それと、わたしたちが旅をしている六週間にミレーがじゃんじゃん描いたスケッチや習作の山については、そうだな、いまならいくらで売れるか知ったら、きみは仰天するだろう――一枚でも手放す気になればの話だが。

「すごいことがあったものだ、お見事としか言いようがない！」

うむ――そういうことになるだろうな。

「ミレーはどうなったんだ？」

秘密を守れるかね？

「守れるとも」

今朝、ダイニングルームで、よく見たまえときみに言っただろう、あの男のことを覚えているか？　あの男がフランソワ・ミレーだよ。

「こいつは――」

たまげた！　そうだろう。今度ばかりは、天才が飢え死にしたあとで、本人が受け取るべき報酬が他人の懐に入るということにならずにすんだというわけだ。この小鳥は、誰にも聴いてもらえない心の歌をさえずった挙げ句、華々しく虚しい盛大な葬儀で報いられることにはならなかった。そうならないよう、わたしたちが気を配ったからね。

ギャズビーホテルに宿泊した男

The Man Who Put Up at Gadsby's

一八六七年の冬、風変わりな友人のライリーとぼくは、ワシントンで新聞社の通信員をしていた。ある晩、ぼくらはペンシルヴェニア通りを歩いていたが、もう真夜中に近く、雪が激しく吹き荒れていた。と、急ぎ足で反対方向に進んでいる男の姿が、街灯の明かりにちらりと照らし出された。この男、ぴたっと立ち止まると、こう叫んだ。

「やあ、こいつはツイてる！　あなたはライリーさんでしょう?」

ライリーは、この業界で誰よりも冷静であり、もったいぶっているのかと思うほど慎重な男だ。ライリーは足を止めると、相手の頭のてっぺんからつま先までじろじろ眺めたあとで、ようやく口を開いた。

「確かに、わたしはライリーだが。わたしに何か用でも?」

「まさにそうなんです」男は嬉しそうに言った。「あなたを見つけられるとは、この上ない幸運ですよ。ぼくはライキンスといいます。高校で教師をしているんですが——サンフランシスコで。サンフランシスコの郵便局長の職に空きが出たと聞いて、その職を手に入れようとすぐさま決意し——ここにいるというわけです」

「なるほど」ライリーはゆっくりと言った。「仰しゃるとおり……ライキンス君……きみはここにいる。で、その職は手に入れたのかね？」

「それが、確実に手に入れたわけじゃありませんが、あと一歩ってところです。州教育長官と同僚の教師全員、さらに二百人以上に署名してもらった申請書を持ってきていますからね。そこであなたにお願いなのですが、もしよろしければ、太平洋地域選出の議員団のもとへご同行願えないでしょうか。というのも、すみやかに事を進めて家に帰りたいと思っているもので」

「それほど急を要するのならば、今夜のうちに議員団のもとを訪ねたいのではないかな」ライリーは少しも茶化したところのない口調で——彼の話しぶりを聞き慣れない相手にとっては――言った。

「おお、今夜ですか、ぜひとも！　ぼくにはぐずぐずしている時間などないのです。床につく前に、契約を取りつけたいですね――ぼくは口先だけのタイプではなく、実行するタイプなんですよ！」

「そうだろう……だとしたら、ここに来たのは正解だ。いつこっちに到着したんだ？」

「ほんの一時間前に」

「出発の予定は？」

「ニューヨークへは明日の夜――サンフランシスコへ帰るのはその翌朝ですね」

「となると……明日は何をする予定かね？」

「何をするかって！　そりゃあ、申請書を携えて知事に会い、議員団のもとを訪れて、郵便局長に任命してもらうに決まってるじゃないですか」

「そうだとも……間違いない……そのとおりだ。それからどうする？」

「上院の幹部会議が午後二時からで――郵便局長として正式に任命されることになっていて――あなたも認めてくれますよね？」

「うむ……そうだな」ライリーは思案に暮れながら呟いた。「これまた、きみの言うとおりだ。それから、夜にはニューヨーク行きの列車に乗って、その翌朝にはサンフランシスコ行きの汽船に乗るわけだな？」

「そうです――それがぼくの計画です！」

　ライリーはしばらく考え込んでいたが、やがて口を開いた。

「きみは……一日……いや、二日ばかり長く滞在することはできないのかね？」

「まさか、とんでもない！　ぼくの流儀に反します。ぐずぐずしているような人間じゃありませんからね――そうですよ、ぼくは実行する男なんです」

　吹雪は激しくなり、降りしきる雪が突風に舞いおどった。ライリーは無言で立ち尽くし、一分間かそこら、物思いに深く沈んでいるようだったが、おもむろに顔を上げて言った。

「きみはかつてギャズビーホテルに宿泊した男の話を、聞いたことがあるか？……どうやら初耳のようだな」

ライリーはライキンス君を鉄柵に追いつめ、逃げられないよう引き止めると、コールリッジの『老水夫行』に出てくる老水夫よろしく、鋭い眼光で相手を捉えた。寒々しい真夜中の雪まじりの強風にさらされているのではなく、花盛りの夏の草原にみんなで心地よく大の字になって寝そべっているかのように、冷静かつ穏やかな口調で物語を始めた。

「その男の話を聞かせてあげよう。ジャクソンが大統領だった時代の話だ。当時、ギャズビーといえば、トップクラスのホテルだった。で、ある日のこと、この男は午前九時にテネシーから到着した。黒人の馭者がひとりに、立派な四頭立ての四輪馬車が一台、それと優雅な犬を一頭伴っていて、それらすべてにいかにも愛情をかけて自慢にしている様子だった。男がギャズビーホテルの前に乗りつけると、ホテルの主人からフロント係までみんなが応対しようと飛び出してきたが、『お構いなく』と彼は言い、馬車からぴょんと飛び降りて、馭者に待っておくようにと命じた――食事を取っている暇などなく、ちょっとした支払い請求を政府に認めさせたいだけで、財務省にひとっ走りして金を受け取ったら、まっすぐテネシーに帰るのだと話した。とにかく急いでいるのだ、と。

で、男は夜の十一時頃になって帰ってくると、部屋をひとつ取って、馬を小屋に入れさせた――支払いは明日の朝受け取りに行くと言って。いいかい、これは一月のことだ――一八三四年の一月――一月三日――水曜日のことだ。

二月五日になると、男は立派な四輪馬車を売り払い、安っぽい中古の四輪馬車を購入した――家に金を持ち帰るには充分事足りるし、見栄えなんてどうでもいいと言って。

八月十一日になると、男は立派な馬を二頭売り払った――馬車を慎重に走らせる必要のある荒れた山道を越えるには、馬の数は四頭より二頭のほうがいいと前々から思っていたのだと言って――支払われるのはそれほどの金額でもないし、二頭でも家まで楽々運べるはずだ、と。

十二月十三日になると、男はもう一頭、馬を売り払った——古くて軽いあの馬車を引くのに、馬は二頭もいらないと言って——実際、すっかり冬になったいまでは、路面の状態は申し分なく、馬一頭でも必要以上のスピードで引いていけるはずだ、と。

一八三五年の二月十七日になると、男は古い四輪馬車を売り払って、安っぽい中古の二輪馬車を購入した——早春の雪解けでぬかるんだ軟らかい道を進むには、二輪馬車がうってつけだし、とにかくこういう山道を二輪馬車で走ってみたいと常々思っていたのだ、と言って。

八月一日になると、男は二輪馬車を売り払って、古びたひとり乗りの一頭立て二輪馬車の残骸と言うべき代物を購入した——こいつをさっそうと走らせて、世慣れていないテネシーの人々が目を丸くしてぽかんと見とれるさまをぜひ眺めたいのだと言って——テネシーの連中は生まれてこのかた、一頭立て二輪馬車なんて聞いたこともないはずだ、と。

八月二十九日になると、男は黒人の馭者を売り払った――ひとり乗りの一頭立て二輪馬車に馭者は必要ないと言って――どうせ、ふたりは乗れないんだから――それに、あんな役立たずに九百ドルも出そうとする間抜けなやつを神様が毎日遣わしてくださるわけじゃないし――あいつのことはもう何年も前から厄介払いしたいと思っていたけど、ほっぽり出すわけにもいかなかったから、と。

その約十八か月後――すなわち、二月十五日になると――男はひとり乗りの一頭立て二輪馬車を売り払って、鞍を購入した――前からずっと医者に乗馬を勧められていたし、冬の最中にあんな山道を馬車で走って、首の骨を折りたいとは思わないだろう、と言って。

四月九日になると、男は鞍を売り払った――雨降りのぬかるんだ四月の道を行くには、裸馬にまたがれば間違いなく安全だとわかっているのに、腹帯の切れやすいちゃちな作りの鞍なんかで命を危険にさらすつもりはないと言って――どうせ、鞍をつけて馬に乗るのは前から好きじゃなかったんだ、と。

四月二十四日になると、男は馬を売り払った——おれはまだ五十七歳で元気旺盛なんだからと言って——。こういう季候の折に馬にまたがって移動するなんて、そんな無駄な旅はいやなこった、てくてく歩いて爽やかな春の森を抜け、明るい山を越えることに勝る幸せはない、男だったらそうでなきゃ——それにどうせ、支払いを受けたら小さな札束は犬に運ばせれば済む話だ、てなわけで、明日は朝早く目を覚まして、例の支払いを受け取りに行き、ギャズビーホテルと感動の別れの挨拶を交わして、この二本の脚で歩いてテネシーを目指すことにするよ、と。

六月二十二日になると、男は犬を売り払った——夏の森と丘を行くめっぽう楽しい徒歩の旅に出発しようというときに、犬なんか知ったこっちゃないと言って——。犬がいたって邪魔にしかならない——リスがいれば追いかけて、何を見てもうるさく吠えて、浅瀬を跳ね回って水をバチャバチャ飛び散らかすんだから——そんな調子じゃ、自然を楽しんだり物思いに耽ったりするどころじゃない——それに、支払われた金は自分で運んだほうがいいに決まってる、そのほうが遥かに安全なんだから、こと金銭に関しては、犬ってやつはさっぱりあてにならない——前々から、わかっちゃいたんだ——では諸君、さようなら——ここらでお別れだ——明日の早朝には、愉快な気分でてきぱき歩いてテネシーに向かうよ、と」

　そこで小休止と沈黙が訪れた——吹雪の音は別として。ライキンス君がじれったそうに言った。

「それで？」

　ライリーは答えた。

「それで——いまのは三十年前の話だ」

「なるほど、なるほど——それがどうしたっていうんです？」

「わたしはその古老と非常に親しくしていてね。彼は毎晩、別れを告げに来るのだよ。一時間前にも彼に会った——明日の早朝、テネシーに発つところだったね——いつものように。支払いを受け取りに行って、わたしのような宵っ張りがベッドから出る前に出発すると言っていた。目には涙を浮かべていたな、懐かしのテネシーに戻って友人たちに再会できることを喜ぶあまり」

再び沈黙。ライキンス君がそれを破った。

「話はそれで終わりですか？」

「それで終わりだよ」

「まあ、こんな時間、こんな夜に聞かされるにしては、長すぎるほど長い話ではありますが。それにしたって、いったい何が言いたかったんですか？」

「いやあ、別に何も」

「この話の要点はなんです？」

「いやいや、特に要点なんてものはないよ。ただ、ライキンス君、きみが郵便局長の職を手に入れてサンフランシスコにそんなに急いで帰る必要がないようなら、しばらくギャズビーホテルに宿泊して、のん気に構えておくといい。では、ご機嫌よう。神のご加護を！」

そう言いながらライリーは、すました様子で回れ右をして、あっけにとられて立ち尽くす学校教師をその場に残して立ち去った。広く照らす街灯の明かりの下、じっと考え込んで動かない雪の像が輝いていた。

この男が郵便局長に任命されることはなかった。

実話 一言一句、聞いたとおりに再現したもの

A True Story, Repeated Word for Word as I Heard It

夏の黄昏時だった。ぼくたちは丘の頂に立つ農家のポーチに座っていて、〝レイチェルおばさん〟はうやうやしくぼくたちを見上げる恰好になるよう、階段に腰かけていた――というのも、おばさんは召使いであり、黒人だったから。レイチェルおばさんは体格がよく、背も高かった。六十歳だが、その目に曇りはなく、体力も衰えていない。ほがらかで心が温かく、おばさんにとって笑うことは、鳥が歌をさえずるのと同じぐらい自然なことだ。一日の終わりはいつもそうだが、いまもレイチェルおばさんは集中攻撃を受けていた。つまり、容赦なくからかわれているのだが、そのことを本人も楽しんでいた。次から次へと笑い声を轟かせ、両手で顔を覆って、おかしくて死にそうだと言わんばかりに、息も絶え絶えに身を震わせるのだった。そんなひとときを過ごすうちに、ぼくはあることをふと思いつき、聞いてみた――。

「レイチェルおばさん、あんたは六十歳まで生きてきて、どうしてひとつも悩みを抱え込まずにこられたんだろう？」

レイチェルおばさんの体の震えが止まった。はたと動きを止め、しばし沈黙した。おばさんはふり向いて、肩越しにぼくを見ると、少しも面白がっているところのない声で言った――。

「C――の旦那様、本気で言ってんですか？」

ぼくは少なからず驚いてしまった。おかげで態度と話し方を改め、こう言った――。

「まあ、たぶん――いや、そのつもりだったけど――だって、あんたが悩みを抱えるなんてこと、あったはずがないだろう。ため息をつくのも聞いたことがないし、目に笑いを浮かべていないところを見たこともないんだから」

いまではレイチェルおばさんは正面からぼくを見ていて、真剣そのものの顔をしていた。

「あたしが悩みをしょいこんだことがあるかって？　C―の旦那様、じゃあお話ししますんで、どう思うかはお任せしましょうかね。あたしは奴隷の中に生み落とされました。自分が奴隷なんだから、奴隷のことならなんだって知ってんですよ。そんで、うちの人は――あたしの夫のことですけどね――愛情深くてあたしに優しかった。ちょうど、旦那様が奥様に優しくなさるのとおんなじぐらいに。あたしたちには子どもが――七人の子どもが――いて、あたしたちはその子たちのことをかわいがってましたよ。ちょうど、旦那様が子どもたちをかわいがるのとおんなじぐらいに。みぃんな肌は黒かったけど、神様がいくら子どもの肌を黒くしても、母親にとっちゃあかわいいもんはかわいい。そうですとも、この世の何と引き替えにしたって、手放す気になんかなりゃしませんよ。

そんで、あたしはあのヴァージニアで生まれ育ったんですが、おっかあはメリーランドの生まれでした。それが、ねえ！　怒らせると、恐ろしいのなんのって！　そりゃあ、もう！　ものすごい大騒ぎでね！　癇癪を起こすと、いっつも決まり文句を言うんですよ。しゃんと背すじを伸ばして、腰に手を当てて言うんです、『言っとくけどね、あたしゃ人間の屑にバカにされるすじあいはないし、湿地生まれでもないんだよ！　そうとも、青い雌鶏の州、デラウェアのひな鳥のれっきとした一員なんだ！』ってね。わかるでしょう、メリーランド生まれの人間は、自分たちをそう呼んで、誇りを持ってんですよ。とにかく、それがおっかあの口癖でした。死ぬまで忘れやしませんよ、耳にたこができるほど聞かされたんでね。ある日うちのヘンリー坊やが手首をひどく切っちまって、頭もぶつけておでこのてっぺんまでぱっくり割れそうになったとき、黒人どもはもたもたしてて、すぐに駆け寄って手当てをしなかった。そんで、そいつらが口答えしたもんだから、おっかあはでっかい声になって言うんです。『いいかい、よおく聞きな！　黒人ども、言っとくけどね、あたしゃ人間の屑にバカにされるすじあいはないし、湿地生まれでもないんだよ！　そうとも、青い雌鶏の州、デラウェアのひな鳥のれっきとした一員なんだ！』って。そんで、台所から邪魔者を追い出して、自分でヘンリー坊やに包帯を巻いてあげました。だから、あたしも怒ったときは、おんなじ文句を言うんですよ。

そうこうするうち、ずっと雇ってくれてた奥さまが破産しましてね、お屋敷の黒人をみぃんな売るしかないって言うんですよ。えらいことです、あたしたち全員、リッチモンドで開かれる競売にかけられるって！　それがどういうことか、あたしにゃわかってましたからね！」

興奮しながら話すうちに、いつしかレイチェルおばさんは腰を上げ、いまではぼくらを見おろす恰好でそびえ立ち、星空を背景に黒い輪郭を浮かびあがらせていた。

「あたしたちは鎖で繋がれて、このポーチとおんなじぐらいの高さ――二十フィートぐらいの台に立たされて、そりゃあもう大勢の人、人、人に取り囲まれました。その人たちは台にあがってきて、あたしたちをじろじろ見まわして、腕をぎゅっと握ったり、立ちあがって歩かせたりしたあと、言うんですよ。『こいつは年がいきすぎてる』とか、『こいつは足を引きずってる』とか、『こいつは大したやつじゃない』とかね。そんで、うちの人は売られちまって、連れていかれました。今度は、子どもたちも売られて、連れていかれちまうことになって、あたしは泣きだしました。すると、『めそめそ泣くのはやめて黙れ』って言われて、口をぶたれました。子どもがみぃんな連れていかれて、あとはヘンリー坊やだけになると、あたしはあの子を胸にきつく抱きしめて、立ちあがって言うんです。『この子は連れていかせない』って。『この子に触れたら殺してやる』って言うんです。でも、あたしのヘンリー坊やは囁くんですよ、『ぼくは逃げだして、働いて、おっかあの自由を買うよ』って。ああ、なんてありがたいこと、あの子は昔から本当にいい子なんです！　けど、あの子も連れていかれました――連れていかれちまったんです、あの男たちに。けどね、あたしはそいつらの服をあらかたひっぺがして、鎖で頭をぶん殴ってやりましたよ。こっちもやり返されたけど、それがなんだっていうんです。

　そんなふうにして、うちの人も、子どもたちもみぃんな、七人の子ども全員が連れていかれたってわけです――そのうちの六人には、今日までまだ会えてません。この前の復活祭で、あれから二十二年になりましたがね。あたしを買った主人は二ューバーンの人間で、あたしはそこに連れていかれました。そうこうするうち月日が流れて、戦争が始まったんです。ご主人は南軍の大佐で、あたしはその家の料理人をしてました。そんなわけで、その町が北軍に占領されると、みぃんな逃げちまって、あたしはおっそろしく大きなその屋敷にほかの黒人どもと取り残されたんです。そのあと、屋敷には北軍のおえらい将校さんたちが住むことになって、料理を作ってくれないかってあたしに頼むんです。あたしは言います、『おやまあ、ありがたいこと。それなら、あたしにぴったりの仕事ですよ』って。

言っときますがね、その将校さんたちはちんけな小物なんかじゃなく、大物だったんですよ。大勢の兵士たちを取り仕切ってたんですから！　将軍はあたしに、台所のことは任せるって言ってくださって。『もし誰かに余計な口出しをされるようなことがあったら、追っ払ってやんなさい。なに、心配することはない。ここにいるのは、あんたの味方なんだから』って。

そんで、あたしは考えたんですよ、もしもあたしのヘンリー坊やに逃げだすチャンスがあったとしたら、北部に逃げたに決まってるって。だからある日、おえらい将校さんがいる居間に入っていって、膝を曲げて丁寧にお辞儀したあとで、あたしのヘンリーのことを話してみたんですよ。みなさん、白人を相手にしてるみたいに、あたしの悩みに耳を傾けてくださって。あたしは言うんです、『もしもあの子が逃げだして、旦那様がたがいらっしゃった北部にたどり着いていたとしたら、ひょっとしてあの子を見かけたことがあるんじゃないかって思ったんですよ。だとしたら、あたしはあの子を見つけだせるかもしれないって。あの子はとても小さくて、左の手首とおでこのてっぺんに傷痕があるんですが』ってね。すると、将校さんたちは悲しそうな顔をしました。そして将軍が聞くんです、『その子どもと別れてから、どれぐらい経つのかね？』って。だからあたしは『十三年です』って答えました。そしたら、将軍が言うんですよ、『それなら、もう小さな子どもじゃないだろう――立派な大人になってるはずだ！』って。

　そんなこと、思ってもみませんでした！　あたしにとっちゃ、あの子はいまでもちっちゃな坊やだったんです。成長して大きくなってるなんて、思っちゃみなかったんですよ。そのときになって、やっと気づいたんです。将校さんたちの中には、あの子に会ったって人はひとりもいなかったんで、どうすることもできませんでした。でもそのあいだ、あたしは知りませんでしたけど、ヘンリーは何年も前に北部に逃げていて、理髪師になって、ひとりで働いていたんですよ。そのうちに、戦争になって、あの子はこう言ったんです、『もう理髪師はやめる』って。『おっかあを捜しに行く、もし死んでなければ』って。そんで、あの子は店を売り払って、新兵を募集してるとこに行って、ある大佐の召使いとして雇われました。あの子はあちこちでくり広げられる戦いを生き抜いて、懐かしいおっかあを捜して回りました。ええ、そうですとも、あの子は次々と違う将校さんに雇われることになりましたがね、南部中をくまなく捜して回ったんです。でもね、そんなこと、あたしはこれっぽっちも知りませんでした。知るわけないでしょう？

ある晩、兵士たちの盛大な舞踏会が開かれましてね。ニューバーンの兵士たちは、しょっちゅう舞踏会を開いてたんですよ。あたしの台所を会場にすることもたびたびありました、そりゃもう広い台所でしたから。言っときますが、あたしはそういうことには反対でした。なんたって、そこは将校さんたちのお屋敷だったんですからね、そんなふうにそこらの兵士たちにあたしの台所ではしゃぎ回られるとイライラしたんですよ。でも、あたしはいつもじっと見張っといて、間違いのないよう気をつけてました。そうそう、ときにはカッとなって、台所から連中を追い払ってやることもありましたっけ！

するとある晩——金曜日の夜でしたが——お屋敷の護衛をしている黒人の小隊が、全員揃ってやって来ましてね——そのお屋敷は本部だったんですよ——、あたしはもう頭にきちゃって！　そんなに怒ってたのかって？　ドカンと爆発する寸前でしたよ！　頭にどんどん血がのぼってって、連中がなんかやらかさないもんかとジリジリしてましたよ、そしたら文句を言ってやれますからね。そいつらはワルツやらなんやらを踊ってたんです！　なんとまあ！　それも楽しそうに！　こっちは頭に血がのぼるいっぽうですよ！　まもなく、こぎれいな若い黒人がさっそうと入ってきました、黄褐色の肌をしたふしだらな娘っ子の腰を抱いてね、ふたりでぐるぐるぐるぐるぐる回り続けて、見てるだけで酔いそうなぐらいでした。で、そいつらがあたしのところに来ると、片足立ちで足を交互に入れ替えてバランスを取りながら、あたしの大きな赤いターバンを見てニヤニヤして、バカにするもんだから、あたしは言ってやりますよ、『出ていきな！――この屑が！』ってね。そしたら、若い男の顔つきがさっと変わりましてね、でもほんの一秒のことで、そのあとは前とおんなじ笑みをまた浮かべてました。すると、それぐらいの頃に、楽隊で音楽を演奏してる黒人たちがやって来ましてね、そいつらときたら、えばらないことには気がすまないんですよ。その夜は、そいつらがえばった真似をしたとたん、あたしは叱り飛ばしてやりましたよ！　そいつらが笑いだしたもんで、あたしはますます頭にきちまいました。ほかの黒人どもまで笑いだすと、胸がカッと熱くなりましてね！　目は怒りにギラギラして！　そこで、あたしは背すじをしゃんと伸ばして――ちょうどいましているみたいに、天井まで届きそうな勢いで――、腰にこぶしを当てて、言ってやるんです。『いいかい、よおく聞きな！　黒人ども、言っとくけどね、あたしゃ人間の屑にバカにされるすじあいはないし、湿地生まれでもないんだよ！そうとも、青い雌鶏の州、デラウェアのひな鳥のれっきとした一員なんだ！』って。そしたら、例の若い男が、身をこわばらせて目を見開き、何か忘れたことがあって、それを思いだせずにいるみたいに、天井を見あげてんですよ。あたしが将軍よろしく黒人どもに向かって進撃すると、そいつらは降参してドアから出ていきました。あの若い男が出ていくとき、ほかの黒人に言っているのが聞こえました、『ジム、隊長のところに行って、おれは朝の八時頃行きますって伝えてくれないか。気になることがあるんだ。今夜はもう眠れっこない。おまえはもう行って、おれをひとりにしてくれ』ってね。

これが午前一時頃のことでした。そんで、七時頃には、あたしはもう起きていて、将校さんの朝食を作ってました。かまどに身をかがめていて――こんなふうに、旦那様の足がかまどってことで――、右手でかまどのふたをあけて――旦那様の足をこんなふうに押すみたいに、ふたをまた閉めて――、小さな丸いパンの並んだ平鍋を手に持って、体を起こそうとしたときに、下から覗き込んでくる目と、黒い顔が見えました。ちょうどあたしが旦那様のお顔を見上げてるみたいな恰好で。あたしはぴたっと動きを止めて、そのまま動けなくなりました！　ただもう、ひたすら見つめるだけで。平鍋が震えはじめ、突然わかったんです！　平鍋は床に落ち、あたしは相手の左手をつかんで、袖をまくりあげて――こんなふうに旦那様にしているみたいに――、今度はおでこから髪を押しあげると、『坊や！』と叫びました。『あんたがあたしのヘンリーじゃなければ、この手首のみみずばれとおでこの傷痕はなんなんだい？　ありがたや、家族にまためぐりあえるなんて！』

　そうですとも、C―の旦那様、あたしには悩みなんてもの、ひとつもありゃしませんでしたよ。それに不満なんてものも！」

天国だったか？
地獄だったか？

Was It Heaven? Or Hell?

I

「あなた、嘘をついたの？」

「認めるのね——本当に認めるのね——嘘をついたって！」

II

その一家は、四人家族だった。マーガレット・レスター、三十六歳、夫を亡くした妻。ヘレン・レスター、十六歳、マーガレットの娘。レスター夫人の未婚の伯母、ハンナ・グレイとヘスター・グレイ、六十七歳、双子。寝ても覚めても、三人の女性は若いヘレンを愛でることに、昼夜を費やしていた。その愛らしい性格が顔という鏡の中でくるくると動きを変えるのを眺めながら。その花盛りの美しさを目にすることで心を洗われながら。その声が響かせる音楽に耳を傾けながら。この子が存在する世界とは、自分たちにとってどんなに豊かで美しいものか、ありがたく噛みしめながら。この光が消えてしまったら、世界はどれほど惨めなものになるかと考えて、身震いしながら。

生まれつき――そして内面的には――年老いたふたりの伯母はいかにも善良で心優しく愛すべき人物だったが、道徳と品行に関しては、妥協の一切ない厳格なしつけを受けていたため、いかめしいとまでは言わなくても、生真面目な顔つきをしていた。家庭内でふたりの影響力は大きかった。その影響力が絶大だったので、道徳と信仰に対するふたりの要求を、母親も娘も快く無心に疑いもせず甘んじて受け入れていた。彼女たちにとって、そうすることが第二の天性になった。そんなわけで、この平和な天国には、衝突も、激昂も、とがめ立ても、不平不満も存在しなかった。

そこには嘘が存在する余地などなかった。そこでは嘘など想像もできなかった。そこで口にされることは、生じる結果がどうであろうと、完全な真実、曲げられない真実、容赦ない断固とした真実に限定されていた。ある日とうとう、必要に迫られて、家族の愛情を一身に集めている娘が嘘でその唇を汚してしまった――そして自分を責めながら涙ながらに過ちを認めた。伯母たちのうろたえぶりといったら、どんな言葉でも言い表せないほどだった。まるで空がぐしゃぐしゃになって崩れ落ち、衝撃で大地が破壊されて荒廃したかのようだった。ふたりは青白くいかめしい顔をして並んで座り、言葉もなく罪人を見おろしていた。娘はふたりの前にひざまずき、伯母の膝に交互に顔を埋めて、嘆き泣きじゃくり、慈悲と許しを請うていたけれど反応は得られず、伯母の手に交互にしおらしく口づけしたが、けがらわしい唇に汚されたとでもいうように引っ込められただけだった。

間を置いて二回、ヘスター伯母さんは冷ややかな呆れた口調で言った。

「あなた、嘘をついたの？」

間を置いて二回、ハンナ伯母さんはその言葉に畳みかけるように、仰天して不満そうに叫んだ。

「認めるのね――本当に認めるのね――嘘をついたって！」

ふたりにはそれしか言えなかった。こんな状況に陥ったことはなく、前代未聞で、信じがたかった。何がなんだか理解できず、どう捉えればいいのかわからず、まともに話すこともできなくなっていた。

そうこうするうちに、過ちを犯した娘を病床の母親のもとへ連れていき、何があったか知らせるべきだということで話が決まった。ヘレンは手を合わせて懇願し、これ以上の辱めはお許しください、お母さんにこんなことを話して辛く悲しい思いをさせたくないのです、と頼み込んだ。けれど、許すわけにはいかなかった。義務として この犠牲は必要であり、義務は何よりも優先され、何があっても義務から放免されることはなく、義務にはどんな妥協も許されないのだ。

ヘレンはなおも懇願した。これはわたしだけの罪です、お母さんにはなんの関係もないことです――なのになぜ、お母さんまで苦しまなければならないのです？

しかし伯母たちは自らの正しさを頑に貫き、親の罪は子に報いるという掟はまったく正当であり、逆もまたしかりだと言うのだ。ゆえに、罪深い子を持つ罪のない母親は、罪の報いである悲しみと苦しみと恥辱を公平に分かち合い、苦しみを受け止めるべきなのだ、と。

三人は母親の伏せっている部屋へと向かった。


同じ頃、この家に医師がやって来るところだった。とはいえ、医師が到着するのはまだまだ先だ。善良な医師であり、善良な人間であり、善良な心の持ち主であったが、彼という人物を知って、憎まなくなるまでには一年かかり、我慢できるようになるまでには二年かかり、好ましく思うまでには三年かかり、愛するまでには四、五年かかった。時間がかかって骨の折れる歩みではあるが、それだけの甲斐はあった。非常に背が高く、ライオンのような頭に、ライオンのような顔をして、ガラガラ声で、ときには海賊のまなざしを、ときには女性のまなざしを、気分しだいで使い分けていた。礼儀作法については何も知らず、まったくお構いなしだ。話し方、態度、身のこなし、振る舞いにおいて、型破りだった。とことん率直な男だった。どんなテーマに対しても意見を持っていた。いつでも話せるよう常に準備してあり、聞き手がその意見を気に入ろうと気に入るまいと、これっぽっちも気にしなかった。自分が愛する者を愛し、それを態度に表した。自分が愛さない者を嫌い、そのことをみんなに吹聴した。若かりし頃は船乗りで、いまでも彼の体から世界中の海の潮風が吹きつけていた。確固たる忠実なキリスト教徒で、この国の誰にも負けない立派な信徒であり、信仰心が文句なしにまともで健全で良識に満ちているのは自分だけで、そこには少しの腐敗もないと信じていた。腹に一物ある人々や、なんらかの理由で彼の機嫌を取りたがっている人々は、この医師を《あのキリスト教徒》と呼んだ――この繊細なお世辞の言葉は彼の耳に音楽のように響き、その大文字のTは魅惑的で鮮やかで、たとえ暗闇の中で発せられたとしても、口からこぼれ落ちるところが目に見えるほどだった。この医師を好きな多くの人々は、確かな良心に基づいて、彼のことを臆面もなくこの大げさな肩書きでいつも呼んでいた。医師を喜ばせるのが嬉しくて、そのためならどんなことでもしたかったのだ。そして医師がせっせと広く耕した敵意という作物によって、心底からの激しい悪意を抱く人々は、その肩書きに金メッキをして花で覆い、《あの唯一無二のキリスト教徒》という呼び名に発展させた。このふたつの流れのうち、後者のほうが広い流れとなっていた。敵のほうが圧倒的に多く、そちらの肩書きを使うことに精を出していたのだ。医師は何を信じるにしても、疑うことなく心からそれを信じ、機会があるごとにその信念のために闘っていた。そして、そんな機会がなかなか訪れず、飽き飽きするほど間隔があいてしまったときは、自ら間隔を詰める方法を編みだした。この医師なりのずいぶん自由な物の見方をすれば、彼はきわめて良心的な人物であり、道徳の専門家による判断が自分のものと一致しようとしまいと関係なく、義務だと思うことはなんでも成し遂げた。海に出ていた若い頃は、罰当たりな言葉を遠慮なく口にしていたものだが、改心するとすぐにひとつの決まりをもうけ、それ以降は厳格にその決まりを守り、めったな機会では罰当たりな言葉を決して口にせず、口にするのは義務にかられたときだけだった。海にいた頃はかなりの酒飲みだったが、信仰に目覚めてからは、若者の手本になるために、断固たる絶対禁酒者であることを公言し、それ以来酒を飲むことはめったになくなった。それどころか、義務だと思われるとき——年に何度かはそういう状況が発生するのだが、多くても五回までだ——を除けば、酒はまったく口にしなかった。

そういう人間は必然的に感受性が強く、衝動的で、感情に流されやすいものだ。彼もまた例外ではなく、しかも感情を隠すという才能を持ち合わせていなかった。あるいは、才能があったとしても、あえて用いようとしなかった。この医師は心の中に広がっている天気を顔に映し出していて、彼が一歩部屋に入って来たとたんに、その天気図によって——比喩的に言えば——日傘か雨傘が開かれることになった。その目の中に柔らかな光が見えれば、それはつまり賛成ということで、祝福が与えられた。顔をしかめてやって来たときには、気温が十度低くなった。友人たちの家庭で彼は心から愛されていたが、ときには恐れられていた。

医師はレスター一家に深い親愛の情を寄せていて、家族のそれぞれもまた、彼の好意に利子をつけて報いていた。レスター家の人々は、彼のキリスト教に対する信仰のやり方を嘆き、彼は彼であからさまに彼女たちの信仰を嘲っていた。が、それでもやはり、両者とも相手に対する愛情を抱き続けていた。

医師はレスター家に近づいていた——遠くから徐々に。そしてふたりの伯母と罪人である娘は、病人のいる部屋へと向かっているところだった。

Ⅲ

伯母と娘の三人は、ベッドのそばに立っていた。伯母たちは厳しい顔をして、罪を犯した娘はさめざめと涙を流している。母親は枕にのせた頭をこちらに向けた。

娘に視線を落とすと、疲労の滲むその目はたちまち母としての思いやりに満ちた激しい愛情に燃え、母親は慰めを与える避難所となる腕を広げた。

「待ちなさい！」ハンナ伯母さんが叫び、娘が母親の腕の中に飛び込もうとするのを、手を伸ばして制した。

「ヘレン」もうひとりの伯母が堂々とした口ぶりで言った。「お母さんにすべて話しなさい。魂を清めるのよ。何ひとつ隠しだてせずに告白して」

若い娘はこの裁判官を前に、絶望を味わいながら打ちひしがれて立ち尽くし、悲しそうな声で惨めな話を最後まで語り聞かせると、わっと泣きわめいて懇願した。

「ああ、お母さん、わたしを許してもらうわけにはいかないでしょうか？　許してもらえませんか？　心細くてたまらないんです！」

「愛しい娘、あなたを許すかって？　さあ、お母さんの腕に飛び込んでいらっしゃい！　ほら、お母さんの胸に頭をあずけて、心を落ち着けるの。たとえあなたが千の嘘をついていたとしても――」

　と、物音が――警告の――咳払いが聞こえた。目を上げた伯母たちは、服の中で体を縮こまらせた――雷雲を顔に映しだして、医師が立っていたのだ。母と娘は医師がいることにまったく気づいていなかった。ふたりはお互いに心を開いてかたく抱き合い、はかり知れないほどの満足感でいっぱいになり、それ以外は何も感じていなかった。医師は目の前の光景を、にがい顔でしばらくのあいだにらみつけていた。観察し、分析し、事の起こりを突き止めようとして。やがて片手をあげると、ふたりの伯母を手招きした。伯母たちは身を震わせながら近づいて、医師の前にしおらしく立ち、待った。医師は身を屈めて囁いた。

「この患者に興奮は禁物だと言わなかったかね？　いったい何をしているんだ？　ここから出ていきたまえ！」

　ふたりは言われたとおりにした。三十分後、医師は居間に入ってきた。穏やかで陽気に、太陽をまとって、ヘレンの腰を抱き、優しく撫で、冗談交じりの優しい言葉をかけてやりながら付き添っていた。ヘレンのほうも、太陽みたいに明るく幸せそうないつもの彼女に戻っていた。

「さて、それでは。ご機嫌よう、お嬢さん。部屋に戻って、お母さんには近づかず、いい子にしているんだよ。ああ、待った――舌を出してごらん。うん、それでいい――きみはとんでもないほど健康そのものだよ！」医師はヘレンの頬をそっと叩いてつけ加えた。「もう行きなさい。わたしはこの伯母さんたちに話がある」

ヘレンは席を外した。と、たちまち医師は再び顔を曇らせて、腰をおろしながら言った。

「あんたがたおふたりは、かなりまずいことをしてくれたね――それに、いくらかはためになることもした。そう、いくらかはためになることも――それほどのことじゃないが。あのご婦人の病気は腸チフスだ！　どうやら、あんたがたが愚かな行いをしたおかげで、症状として表れたんだ。その点では役に立った――それほどのことじゃないが。これまでは、なんの病気なのか判断しかねていたからね」

すると、この年老いた女性たちは、恐怖におののきながらパッと立ちあがった。

「座りたまえ！　いったい何をしようというのかね？」

「何を？　いますぐあの子のところに行ってあげなきゃ。わたしたちは――」

「そんなことをしてはいかん。一日分の厄介ごとは充分やり尽くしただろうに。たったひとつの取り引きで、罪と愚かさの蓄えを使い果たすつもりかね？　いいから、座りなさい。病人のことなら、ちゃんと眠れるようにしておいたよ。あのご婦人には睡眠が必要だからね。わたしの言いつけもなく彼女の邪魔をしたら、脳を打ち砕いてやるぞ――あんたがたに脳ってものがあればの話だが」

伯母たちは動転して憤慨しながらも、医師の言うことに従うしかなく、おとなしく腰をおろした。医師は話を続けた。

「それでは、事情を説明してもらおう。彼女たちは説明したがっていたが――感情的になって興奮するのが、まだ足りないとでも言うみたいに。あんたがたはわたしの言いつけを知っていたはずだ。どういうつもりで、病室にずかずか入っていって、あんな大騒ぎを引き起こしたというのかね？」

ヘスターは訴えるようにハンナを見やり、ハンナは懇願するようなまなざしをヘスターに返した――どちらもこの無情なオーケストラに合わせて踊りたくなかったのだ。医師が助け船を出し、こう言った。

「ヘスター、話したまえ」

ショールのふさ飾りを指でいじりながら、ヘスターは目を伏せて、おずおずと話した。

「どうでもいいことのためなら、わたしたちだって言いつけにそむくはずがありませんよ。でも今回の件は見過ごすわけにはいかなかったんです。義務でしたからね。選択の余地のない義務のためです。これに比べればささいな事柄はすべてさしおいてでも、成し遂げなければなりません。わたしたちは母親の前でヘレンの罪を問うことを余儀なくされました。あの子は嘘をついたのです」

医師はヘスターを一瞬にらみつけ、さっぱりわけのわからない陳述をどうにか理解しようと努めているようだった。それから、医師は怒鳴り散らした。

「あの子が嘘をついたって！　本当かね？　なんたることだ！　わたしは一日に百万回は嘘をついているぞ！　医者ならみんなそうだ。誰だってそうだ――それを言うなら、あんたがただって。そんなことが、わたしの言いつけにそむいてあのご婦人の命を危険にさらすほど、重要なことだって言うのかね！　いいかね、ヘスター・グレイ、そんなものは狂気の沙汰としか言いようがない。あの子には人を傷つけるような嘘はつけんのだ。そんなことはできっこない――どうしたってできっこない。あんたもわかっているだろう――あんたがた、ふたりとも。重々承知しているはずだ」

ハンナが姉に加勢した。

「ヘスターはそういう種類の嘘だと言おうとしたんじゃないし、実際、そういう嘘ではありませんでした。それでも、嘘は嘘です」

「これはこれは、こんなたわごとは聞いたことがない！　嘘を区別するだけの常識はないのかね？　役に立つ嘘と傷つける嘘の違いもわからんのか？」

「どんな嘘も罪深いものです」ハンナは万力みたいに唇をぎゅっと引き結んで言った。「どんな嘘も許されません」

唯一無二のキリスト教徒は、椅子に座ったまま落ち着きなく体をもぞもぞさせた。この言い分に反論したかったが、どこからどうやって始めればいいのかわからなかった。結局、探り探り話を進めることにした。

「ヘスター、あんたは不当な侮辱や不名誉から誰かを守るために、嘘をついたことがないのかね？」

「はい」

「友だちのためにも？」

「はい」

「誰よりも大切な友だちのためにも？」

「はい。ありません」

この状況を打開しようと、医師はしばらく無言で頭を悩ませた。やがて彼は尋ねた。

「友だちをつらい苦しみや惨めさや深い悲しみから救うためであっても？」

「はい。友だちの命を救うためであっても」

再び沈黙。そして、

「友だちの魂を救うためであっても？」

静寂が訪れ――静けさが長々と続いたあとで――ヘスターは小さいけれど断固とした声で答えた。

「友だちの魂を救うためであっても」

しばらくのあいだ、誰も口を開かなかった。それから医師が言った。

「あんたも同じかね、ハンナ？」

「はい」とハンナは答えた。

「あんたがたふたりに聞くが――なぜだ？」

「そういう嘘をつくことも、どんな嘘をつくことも、罰当たりな行為だからです。

わたしたちの魂も失われてしまいかねません――いいえ、悔い改める時間もないいま死んでしまえば、きっと失われてしまうでしょう」

「わからん……わからんよ……信じられん話だ」医師は乱暴な口調で問いかけた。「そんな魂など、救う価値があるかね？」そして立ちあがると、不満そうにブツブツ言って、勢いよく足を踏みならしながらドアへ向かった。医師は戸口でふり返ると、しゃがれ声で忠告した。「改心したまえ！　けちでちっぽけな魂を救うために、そんな卑しくて身勝手でさもしい考えに身を捧げるのはやめて、気高さのある行いを見つけだすのだ！　魂を賭したまえ！　立派な目的のために魂を賭したまえ。それで魂を失ったところで、なんだというのか？　改心したまえ！」

このような罰当たりな言葉を耳にして、老いた善良なふたりの婦人は打ちのめされ、呆然とし、踏みにじられ、辱められ、悔しさと憤りを胸に抱いた。哀れな老女は深く心を傷つけられ、こんな侮辱はとうてい許せるものではないと言った。

「改心ですって！」

ふたりは憤慨しながらその言葉を繰り返した。「改心して――嘘をつけるようになれって！」

けれど、時間が過ぎていくうちに、伯母たちの心に変化が訪れた。ふたりは人間として第一の本分を尽くしたのだ――つまり、自分のことを考えられるだけ考え尽くしてしまうと、もっと小さなことに関心を向けて他人のことを考えられる状態になる。それによって、心のあり方に変化が起きるのだ――たいていは健全な方向に。ふたりの老女の心は愛する姪と、彼女を襲った恐ろしい病へと向けられた。ふたりは自己愛を傷つけられたこともすぐに忘れて、苦しんでいる病人に付き添い、愛をかけて慰め、世話をして、か弱い手でできるだけのことを努め、その権利が与えられれば、老いた貧弱な体を喜んで愛情ですり減らして、せいいっぱい看病したいという強い思いが心の中にわき上がるのを感じた。

「権利ならあるはずよ！」ヘスターは涙を流しながら言った。「わたしたちにかなう看護師なんて、どこにもいないんだから。自分たちが倒れて死ぬそのときまで、ベッドのそばに立って見守り続けられるのはわたしたちだけだし、神様もそのことをご存知だわ」

「そのとおりよ」ハンナはほほえんで同意し、涙でかすんで曇った眼鏡の奥からその意見を支持した。「先生もわたしたちをご存知だし、二度と言いつけにそむかないこともわかっているはずよ。ほかの人に任せたりしないわ。そうよ、そんなことできるもんですか！」

「そうかしら？」ヘスターはカッとなって、涙をぼろぼろ流しながら言った。「あの先生はどんなことでもやってみせるでしょうよ――あのキリスト教徒の悪魔なら！　今度ばかりはそんなことをしたところで、なんの役にも立たないでしょうけど――でもね、ああ！　ハンナ、なんだかんだ言ってもやっぱり、あの先生は賢明で才能ある立派なお方なんだから、そんなことをしようと思うはずがないわ……そろそろ、わたしたちのどちらかがマーガレットの部屋に行ってみないと。先生は何をぐずぐずしているのかしら？　どうして呼びに来ないんでしょう？」

と、医師が近づいてくる足音が聞こえた。医師は部屋に入り、腰をおろすと、話を始めた。

「マーガレットは病人だ」医師は言った。「まだ眠っているが、じきに目を覚ますだろう。そのときは、どちらかひとりに付き添ってもらわねばならん。彼女の病状は、よくなる間もなく悪化するはずだ。すぐに朝から晩まで看護が必要になる。あんたがたふたりで、どれだけ引き受けられそうかね?」

「全部です!」ふたりは揃って即答した。

医師はギラリと目を光らせ、力を込めて言った。

「あんたがたは確かに真実を言っているね、勇ましいばあさんたちだ! それに、あんたがたはきっと、できる限りすべての看護を自分たちでやろうとするだろう。この神聖な任務にかけては、あんたがたにかなう人間なんてこの町にいやしないんだからね。だが、すべてを任せるわけにはいかん、そんなことをさせては罪になる」

この医師の発言にしては、最大限のすばらしいほめ言葉で、老いた双子の心にわだかまっていた恨みは、すっかり消え去りそうになっていた。「残りの仕事は、おたくのティリーと、うちのナンシーばあやに任せよう――ふたりとも優秀な看護人だし、黒い肌に白い心を持っていて、用心深く、忠実で、心配りが行き届いていて――まさに完璧な看護人じゃないか！――しかも、幼い頃から立派な嘘つきだ……いいかね！　ヘレンのこともちょっとばかり気をつけてやってくれたまえ。あの子は病を患っているし、これからもっと具合が悪くなるだろう」

ふたりの女性は少し驚いた顔をして、簡単には信じなかった。ヘスターは言った。

「どういうことです？　あの子はとんでもないほど健康そのものだって、一時間前に言ったばかりじゃありませんか」

医師は平然と答えた。

「あれは嘘だ」

ふたりの女性は医師に憤然と食ってかかり、ハンナが言った。

「よくもまあ、そんな忌わしいことを、平然と告白できたものね、どんな嘘でもわたしたちがどう思うかを知っておきながら――」

「静かに！　あんたは猫みたいに物知らずだな、あんたがたふたりとも。自分が何を言っているのかもわかっちゃいないんだ。あんたがたは道徳的なモグラみたいな連中と同じだよ。朝から晩まで嘘をついているくせに、口で嘘をつくんじゃなく、偽りのまなざしで、偽りの声の抑揚で、相手を欺く論点のすり替えで、誤解を招く身振りで、聖人気取りのけがれなき真実の語り手として、世間と神様の前を鼻高々に行進してみせる。冷蔵された魂なら、その中に嘘が入り込んでも、凍死するってわけだ！　どうしてあんたがたは、口に出した嘘でなければ嘘じゃないなんて、そんな愚かな考え方で自分をごまかそうとするのかね？　口でつく嘘と目でつく嘘の違いがどこにある？　違いなどないのだよ。ちょっと考えてみればわかることだ。日々の暮らしの中で、一ダースの嘘をつかない人間などいないよ。それにあんたも――そうとも、あんたがたふたりで、三万回は嘘をついているんだ。なのに、わたしがあの子にあれこれ悪い想像をさせないため、善意から罪のない嘘をついたことに対して、偽善的で無意味な憎しみを燃やして騒いでいる。もしもわたしが義務を果たさず、悪い想像をさせていたら、あの子は一時間と経たずに血をたぎらせて熱を出していただろう。そんな不名誉なやり方で自らの魂を救うつもりなら、そうするべきだったのかもしれんが。

さあ、論理的に考えてみようじゃないか。細かな部分を検証してみよう。あんたがたふたりは、病人の部屋であんな騒ぎを起こしていたとき、わたしがやって来ることを知っていたら、どうしていたかね？」

「さあ、どうでしょう？」

「ヘレンを連れて、こっそり部屋を出ていった——違うかね？」

ふたりの女性は無言だった。

「どういうつもりで、なんのためにそうしたのかね？」

「さあ、どうでしょう？」

「わたしにあんたがたの罪を気づかせないためだよ。マーガレットが興奮しているのは、あんたがたも知らないことが原因だと思わせて、わたしをだますために。要するに、わたしに嘘をつくためだ――無言の嘘を。しかも、有害かもしれない嘘を」

双子の伯母は顔を赤らめたが、何も言わなかった。

「あんたがたは、数え切れないほど無言の嘘をついているばかりか、口でも嘘をついている――あんたがた、ふたりとも」

「それは違うわ！」

「違わんよ。だが、害のない嘘だけだ。あんたがたは、害のある嘘を口にしようなどとは、夢にも思わんだろう。それは譲歩であり――白状であることに、お気づきかな？」

「どういう意味でしょう？」

「害のない嘘なら罪にはならないと、無意識のうちに譲歩しているというわけだよ。そうやって、いつも嘘を区別していることを、白状しているのだ。例えば、あんたがたはあのいやらしいヒグビー夫妻と顔を合わせたくなくて、フォスター夫人の夕食の誘いを断ったね――出席できなくて誠に残念です、と礼儀正しく悔やむ言葉を手紙にしたためて。あれは嘘だ。これまで口に出されてきたどんな嘘とも違わない、紛れもない嘘だ。ヘスター、否定してみたまえ――また嘘をつくことになるが」

　ヘスターは頭をツンとそらして応じた。

「それでは返事にならんよ。答えたまえ。あれは嘘だったのか、それとも嘘ではなかったのか？」

　どちらの女性も頬をさっと赤らめ、もがき苦しんだ末に白状した。

「あれは嘘でした」

「よろしい――改心の始まりだ。あんたがたにはまだ望みがありそうだね。誰よりも大切な友人の魂を救うために嘘をつかなくても、不愉快な真実を告げずに済ませるためなら、少しも躊躇せずに嘘をつくというわけだ」

　医師は立ちあがった。ヘスターは妹の分まで代弁して、冷やかに言った。

「わたしたちは嘘をつきました。それは認めましょう。でも、そんなことはもう起こりません。嘘をつくのは罰当たりなことです。わたしたちはどんな嘘も二度とつきません。神様が定める苦しみや悲しみから誰かを救うための、礼儀や善意の嘘であっても」

「いやいや、あんたがたはすぐに嘘をつくはずだ！　実のところ、もう嘘をついている。たったいま口にしたことが嘘なのだから。ではご機嫌よう。改心したまえよ！　さあ、どちらかひとり、病人の部屋へ行ってやりなさい」

Ⅳ

あれから十二日後。

母と娘は恐ろしい病をしつこく患っていた。どちらも治る見込みはほとんどなかった。老いた姉妹は、くたびれて青白い顔をしていたものの、自分たちの務めを投げだすつもりはなかった。哀れな老女たちの胸は張り裂けんばかりになっていたが、決してくじけず、へこたれなかった。十二日間ずっと、母親は娘を思い焦がれ、娘は母親を思い焦がれていたけれど、会いたいという願いは聞き入れられないことが、どちらもわかっていた。自分の病気は腸チフスだと初めて知らされた日、母親は恐れおののき、昨日ヘレンが嘘を告白するためにこの部屋を訪れたとき、うつしてしまったということはないかしら、と尋ねた。そんなことがあるはずはないとお医者様にばかにされたわ、とヘスターは話した。それは事実ではあったが、ヘスターは医師の言葉を信じていなかったため、口にするのがはばかられた。けれど、その知らせを耳にした母親の喜びようを目の当たりにすると、良心の呵責がいくらか和らいだ――その結果、前向きに自分をあざむいたのだと思って恥ずかしくなったが、あんな嘘をつかなければよかったと強くはっきり願うほどではなかった。その瞬間から、この病人は娘を近づけてはいけないのだということを理解し、つらいけれどあの子とは離れておくのがいちばんね、と言った。娘の健康を危うくするぐらいなら死んだほうがましよ、と。その日の午後、ヘレンは具合が悪くなって、床に伏すことになった。夜のあいだ、病状は悪くなるいっぽうだった。朝になると、母親は娘の様子を尋ねた。

「あの子は元気にしているの？」

ヘスターはぎくりとした。口を開いたが、言葉が出て来ない。母親は物憂げに横たわり、考え込みながら返事を待っていた。すると、はっと青ざめて、息も絶え絶えに言った。

「ああ、そんな！　どうしたんです？　あの子は病気なの？」

これを聞いて、苦しめられていた哀れな伯母の心は暴動を起こし、言葉が口をついて出た。

「いいえ――安心して。あの子は元気にしているわ」

病人は嬉しくてたまらないといった様子で感謝を表した。

「ああよかった、なんてありがたいことでしょう！　キスをしてちょうだい。その言葉が聞けて、どんなにありがたいことか」

ヘスターがこのことをハンナに話すと、彼女は非難するような顔で聞いて、冷やかに言った。

「姉さん、それは嘘よ」

ヘスターは哀れに唇を震わせた。そして涙を抑えて、言い返した。

「ああ、ハンナ、嘘は罪深いことだけど、そうするしかなかったのよ。あの子の顔に浮かんだ恐れと苦しみは、とてもじゃないけど見ていられなかった」

「だとしても。嘘は嘘よ。神様は見過ごさないでしょう」

「ええ、わかっているわ、わかっているのよ」ヘスターは泣きながら手をもみしぼった。「だけど、いま同じ状況になったとしても、やっぱりそうするしかないわ。同じことをするしかないのよ」

「だったら、明日の朝はわたしと交替して、ヘレンに付き添っていてちょうだい。わたしがマーガレットに話すから」

ヘスターは妹にすがりつき、必死に訴えかけて頼み込んだ。

「やめてちょうだい、ハンナ、ああ、やめて——あの子は死んでしまうわ」

「わたしはとにかく真実を話すつもりよ」

　朝になると、ハンナは無慈悲な知らせを母親のもとに届けるため、この試練に備えて気持ちを引き締めた。務めから戻ってくると、ヘスターが青ざめて身を震わせながら廊下で待っていた。ヘスターは小声で囁いた。「ああ、あの子はどんな様子で話を聞いたの？——あの哀れで気の毒な母親は」ハンナの目は涙の中で泳いでいた。彼女はこう答えた。「神様お許しください、あの娘は元気だと言ってしまいました！」ヘスターはハンナを胸にかき抱くと、「ハンナ、あなたに神のご加護を！」と嬉しそうに言い、賞賛の言葉を並べ立てて感謝の気持ちを表した。

　それからは、ふたりは自分たちの力の限界を思い知り、運命を受け入れた。謙虚に降参し、厳しい状況に求められるまま身を任せた。毎日、ふたりは朝の嘘をつき、祈りの中で罪を告白した。許しを請うていたのではない。許してもらう資格などなかった。ただ、自らの罪を認め、隠すつもりも弁解するつもりもないのだということを示しておきたかったのだ。

家族の愛を一身に受ける若く美しい娘は、日に日に弱っていったが、悲しみに暮れる老いた伯母たちは毎日、青白い顔をした母親に、娘は輝くばかりに健康で、どんなに若々しくて美しいかを話して聞かせ、母親がうっとりと喜んで感謝することに、ぐさりと胸を刺されて顔をしかめるのだった。

最初の頃、まだ鉛筆を握るだけの力があったうちは、娘は病気のことを隠しながら、母親に愛情あふれる短い手紙をしたためていた。母親は感謝の涙に濡れた目を輝かせて、これらの手紙を何度も何度も読み直し、手紙にキスを繰り返し、大切な宝物として枕の下に忍ばせた。

やがて、娘の手の力がなくなり、意識がもうろうとして、哀れを誘う支離滅裂な言葉しか発せなくなる日が訪れた。哀れなふたりの伯母は困り果てた。母親への愛情あふれる手紙はもうないのだ。どうすればいいのか、ふたりにはわからなかった。ヘスターは慎重に考えたもっともらしい説明を始めたが、途中でなんだかわからなくなり、頭が混乱してしまった。

　母親は疑うような顔つきになりはじめ、さらには警戒する顔になった。ヘスターはそれを見て取り、危険が差し迫っていることに気づき、これは緊急事態だと覚悟して、決意を固めて気を静め、敗北して開いた口から勝利をもぎ取った。説得力のある穏やかな口調で、こう言ったのだ。

「このことを知ったら、あなたが悲しむかもしれないと思ったんだけど、ヘレンはスローンさんのお宅でひと晩過ごしたのよ。ささやかなパーティーがあって。あなたの具合が悪いものだから、あの子は行きたがらなかったけど、わたしたちが行かせたのよ。まだ若いんだし、無邪気に楽しむ時間が必要でしょう。あなたも賛成してくれると思って。あの子は帰ってきたら、きっとすぐに手紙を書くはずよ」

「伯母さんはなんていい人なんでしょう。わたしたちふたりのことを、こんなに親切に思いやってくださって！　賛成するって？　もちろんよ、心から感謝します。離れて過ごすかわいそうな娘！　楽しめるだけ楽しんでちょうだい、とあの子に伝えて――あの子の楽しみをひとつも奪うつもりはないって。ただ元気でいてさえくれれば、それでいいの。あの子につらい思いをさせないで。そんなの耐えられないわ。あの子がこの病を患わずにすんで、どんなにありがたいことか――ねえヘスター伯母さん、危ないところだったわね！　あのかわいらしい顔が熱にほてって曇るなんて。考えるだけでも耐えられないわ。あの子を元気でいさせてね。花盛りでいさせて！　こうしていても、あの子のことが、あのかわいらしい姿が見えるのよ――ひたむきで大きな青い目をして。愛らしくて、ああ、なんて愛くるしいのかしら。それに優しくて愛嬌たっぷり！　ねえ愛しいヘスター伯母さん、あの子はこれまでと変わらず美しい？」

「ええ、信じられないことだけど、これまで以上に美しくてまぶしくて魅力的よ」

ヘスターはそう言うと、顔をそむけて薬瓶をいじり、恥ずかしさと悲しさを隠した。

V

その少しあと、ふたりの伯母はヘレンの部屋で、難しい不可解な作業に苦心しながら取り組んでいた。忍耐強く真剣に、年老いてこわばった指で、必要とされている手紙を偽造しようとしていたのだ。失敗の連続ではあったが、それでも続けるうちに少しずつ上達していった。なんとも気の毒であり、哀れなおかしさを感じることでもあるのだが、ふたりの上達ぶりに気づいてくれる者は誰もいなかった。本人たちでさえも気づいていなかったのだ。たびたび涙が手紙にしたたり落ちて、駄目になってしまった。ときには、たった一語の失敗で、それさえなければいけたかもしれない手紙が、危険を伴うことになった。けれど、ついにハンナは、よほど疑ってかからなければ見抜けないぐらい、ヘレンの筆跡を巧みに真似た手紙を書いてみせた。まだ幼かった頃からヘレンがよく口にしていた、かわいらしい呼び名やお気に入りの言いまわしをふんだんに盛り込んで。ハンナがその手紙を母親のもとへ届けると、母親はそれを奪い取るようにして、手紙にキスをしたり撫でたりして、そこに書かれた愛おしい言葉を何度も読み直し、心から満足して結びの文章を味わった。

《愛しいネズミちゃん、お顔を見て、その目にキスをして、抱きしめてもらえたらいいのに！　わたしのお稽古が、お母さんのお邪魔になっていなければ嬉しいです。早くよくなってね。みんな優しくしてくれるけど、大好きなママ、あなたがいないと、寂しくてたまりません》

「かわいそうな娘、あの子の気持ちが手に取るようにわかるわ。わたしがいないと、やっぱり寂しいのね。わたしだって――ああ、わたしはあの子の目にきらめく光の中に生きているのよ！　いくらでも心ゆくまでお稽古するようにと伝えてちょうだい。ねえ、ハンナ伯母さん――あの子が奏でるピアノの音も、素敵な歌声も、ここまでは聴こえてこないんだってこと、あの子に言っておいて。聴こえたらどんなにいいでしょう。あの子の歌声は、わたしの耳に素晴らしく心地よく響くのよ。いつかその声が聴こえなくなるなんて、考えるとつらくてたまらないわ！　伯母さん、どうして泣いているの？」

「なんでもないの、ただ――ただ――思いだしてしまって。わたしが部屋を出ていくとき、あの子は『*ロッホ・ローモンド』を歌っていたものだから。あの子が歌うと、なんて哀れを誘うのかしら！」

「わたしも、あれを聴くと切なくなるわ。若々しい悲しみを心に秘めて、不思議な癒しをもたらすあの子の歌声は、胸が張り裂けそうなほど美しいものね……ねえ、ハンナ伯母さん？」

「なあに、かわいいマーガレット？」

「わたしの具合はとても悪いの。だから、あのかわいい歌声がもう二度と聴けないんじゃないかって、ときどき考えてしまうのよ」

「まあ、そんな――やめてちょうだい、マーガレット！　そんなの耐えられないわ！」

　マーガレットは胸を打たれて悲しくなり、穏やかな声で言った。

「大丈夫――大丈夫よ――伯母さんを抱きしめさせてちょうだい。泣かないで。大丈夫――さあ、頬を重ねて。心配しないで。わたしは生きたいと思っているのよ。できるものなら、生きていたいと。ああ、わたしがいなければ、あの子はどうなってしまうのかしら！……あの子はわたしの話をよくしている？――そうね、そうに決まっているわ」

「それはもう、いつも――いつも話しているわ！」

「愛しい娘！　あの子は帰ってくるとすぐにこの手紙を書いたの？」

「ええ――帰ってきたとたんにね。着替えをする間も惜しんで」

「わかっていたわ。愛情深くて優しい子だもの、そうせずにはいられなかったのね。聞かなくてもわかっていたけど、伯母さんの口から聞かせてもらいたかったの。かわいがられている妻は、自分が愛されていることを知っているけど、愛しているという言葉を聞くのが嬉しいから、それだけのために毎日、愛していると夫に言わせ

＊スコットランド西部にあるローモンド湖を歌った、悲哀に満ちた民謡。

るものでしょう……。ところで、今回あの子はペンを使って手紙を書いたのね。そのほうがいいわ。鉛筆だとこすれて消えてしまうかもしれないし、そうなったら悲しいもの。ペンを使うよう、伯母さんが勧めてくれたの？」

「ええ――いいえ――あの子が――あの子が自分で思いついたのよ」

母親は嬉しそうな顔で伯母を見た。

「その答えを期待していたの。こんなに優しくて思いやりのある子は、ほかにいないわ！……ねえ、ハンナ伯母さん？」

「なあに、かわいいマーガレット？」

「行ってあの子に伝えてちょうだい、お母さんはいつもあなたのことを考えていて、心から大切に思っていると。まあ――伯母さんったら、また泣いているのね。わたしのことなら、そんなに心配しないで。いまのところは、何も怖がる必要はないはずだから」

悲嘆に暮れる使者は母親からの伝言を運び、話を聞くこともできなくなっている娘の耳に、うやうやしく届けた。娘は朦朧としてブツブツ呟いた。熱に浮かされた目を見張り、不思議そうに伯母さんを見あげている。けれど、相手が誰なのかわかっておらず、その目に光はない――。

「あなたは――違う、あなたはお母さんじゃない。お母さんに会いたい――ああ、お母さんに会いたい！　ついさっきまでここにいたのに――いつの間に行ってしまったのかしら。お母さんは来てくださる？　すぐに来てくださる？　もう来てくださる？……家がたくさんあるわ……押し潰されそうよ……何もかもがぐるぐる、ぐるぐる回ってる……ああ、頭が、頭が！」――そんな調子で、苦しそうにうわごとを言い続け、次から次へと恐ろしい幻覚にうなされ、心が休まる間もなくつらそうに腕をばたばたさせるのだった。

老いた哀れなハンナは、娘の乾いた唇を湿らせ、熱い額をそっと撫で、愛に満ちた憐れみの言葉を呟きながら、この子の母親が何も知らず幸せでいることを神様に感謝した。

Ⅵ

娘は日に日に衰弱し、着実に死へと近づいてゆき、悲しみに暮れる老いた看護人たちは、こちらも巡礼の旅が終わりに近づいている幸せな母親のもとに、あの子は輝くばかりに美しく健康だと、金メッキをかぶせた知らせを毎日届けた。そして毎日、愛情のこもった元気そうな手紙を偽造して、娘が書いたと思わせて、良心の呵責に苛まれ、ひどく心を痛めながら、母親がその手紙を食い入るように眺めて愛おしみ、愛する娘が書いてくれたのだから何にも代えがたい価値があり、娘の手が触れたのだから神聖なものなのだと思い込み、その手紙を大切にしまう様子を、涙を流しながらそばで見守るのだった。

そしてとうとう、皆に慰めと安らぎをもたらす、あの情け深い友人が訪れた。灯火は弱まり、消えかけていた。夜明け前の厳かな静けさの中、ぼんやりとした人影が薄暗い廊下を音もなく行き交い、つつしみ畏れて無言でヘレンの部屋に入り、べッドの周りに集まっていた。前もって連絡を受けていたので、彼らは知っていたのだ。

息絶えようとしている娘はまぶたを閉じて横たわり、正体を失っていた。体にかけられた布が胸元でかすかに上下するにつれて、消耗した命が尽きていった。ときどき、ため息や押し殺した泣き声が静寂を破った。その場にいる誰の心にも、同じ思いがたびたび浮かんでくるのだった。この死への憐れみ、果てしない闇の中に放りだされること、そして、そばにいて娘を励まし、神の加護を祈り、支えてやることのできない母親への思いが。

ヘレンが小さく身動きした。何かを求めているみたいに、切なそうに手探りしている——しばらく前から、その目はもう見えなくなっていた。終わりが訪れようとしている。そう誰もがわかっていた。ヘスターは大声で泣きじゃくり、娘を胸にかき抱いて叫んだ。「ああ、かわいい子、愛する娘！」死を迎えようとしている娘は幸せそうに顔を輝かせた。ありがたくも、娘は自分を抱きしめている腕を、別の人間の腕と勘違いしたのだ。娘はこう呟きながら、安らかな眠りについた。「ああ、ママ。わたし、とても幸せよ——本当に会いたかったの——これで思い残すことはないわ」

二時間後、ヘスターは報告に行った。母親は尋ねた。

「あの子はどうしているの？」

「元気にしているわ」

VII

白と黒のクレープ織りの布が家のドアに垂らされ、風に揺れてサラサラと音を立て、悲しい知らせを囁いた。正午には棺の準備が整い、愛らしい顔に安らかな表情を浮かべた、若く清らかで美しい娘の遺体が横たえられていた。嘆き悲しむふたりの女性がそばに寄り添い、その死を悼んでいた——ハンナと黒人の召使いのティリーだ。

と、そこにヘスターがやって来たが、大きな苦悩を抱えているせいで震えていた。ヘスターは言った。

「マーガレットが、手紙はないのかって」

ハンナの顔が青ざめた。こうなるとは思っていなかったのだ。痛ましい務めはもう終わったものと思い込んでいた。けれど、そうではないことにいま気づいた。少しのあいだ、ふたりはうつろな目でお互いの顔を覗き込みながら、立ち尽くしていた。やがてハンナが言った。

「やるしかないわ——マーガレットに手紙を渡さなきゃ。じゃないと、疑われてしまう」

「そして、知られてしまうわ」

「そうよ。そんなことになったら、あの子の心は壊れてしまう」ハンナは死者の顔を見つめると、目に涙を浮かべた。「わたしが手紙を書くわ」と彼女は言った。

　ヘスターが手紙を届けた。その手紙はこうしめくくられていた。

《愛するネズミちゃん、愛する大切なお母さん、わたしたちはもうすぐ、また一緒になれるわ。嬉しいお知らせでしょう？　本当のことなのよ。みんなが本当だって言っているの》

　母親は嘆いた。

「かわいそうに、本当のことを知ったら、あの子はきっと耐えられないわ。生きているうちは、二度とあの子に会えないでしょう。つらいわ、つらすぎる。あの子は疑ってない？　あの子が気づかないようにしてくれているの？」

「あの子は、あなたがもうすぐ元気になると思っているわ」

「大好きなヘスター伯母さん、あなたはなんて優しくて気遣いのできる方なのかしら！　あの子に病気をうつすかもしれない人は近づけていない？」

「そんなことをするのは罪ですよ」

「でも、伯母さんはあの子に会っているんでしょう？」

「距離を取りながらね――ええ」

「本当によかった。ほかの人たちは信用できないけど、伯母さんたちふたりは守護天使だもの――鋼だって伯母さんたちに比べれば頼りないわ。ほかの人たちは誠実じゃないし、たくさんの人がだましたり嘘をついたりするでしょう」

ヘスターは目を伏せ、老いの現れた哀れな唇を震わせた。

「ヘスター伯母さん、あの子へのキスを代わりにさせてちょうだい。わたしが死んで、危険が過ぎ去ったら、いつかあの子の愛しい唇にキスをしてあげて、このキスはお母さんからよ、悲しみに打ちひしがれたお母さんの心がすべて込められているのよって、あの子に話してね」

それから一時間と経たず、ヘスターは死者の顔に涙をぼろぼろこぼしながら、痛ましい務めを果たした。

Ⅷ

新しい夜が明けて、空が明らみ、地上に太陽の光が広がった。ハンナ伯母さんは、衰弱している母親を元気づける知らせと幸せな手紙を届けた。手紙にはまた、こう書かれていた。《そう長くはかからないわ、愛しいお母さん、もうすぐ一緒になれるのよ》

風に運ばれて、悼み悲しむ鐘の音が低く響いた。

「ハンナ伯母さん、弔いの鐘が鳴っているわ。誰かの哀れな魂が眠りについたのね。もうすぐわたしもそうなる。あの子にわたしのことを忘れさせないでね」

「ええ、あの子が忘れるはずがないわ！」

「ハンナ伯母さん、不思議な音が聞こえない？　大勢の人が足を引きずって歩く音みたい」

「あなたには聞かせたくなかったんだけど。ちょっとした集まりが——ヘレンのために、家に籠もりっきりのかわいそうなあの子のために、人が集まっているのよ。音楽を流して——あの子はそれはもう音楽が好きだから。構わないかと思ったの」

「構うですって？　まさか、そんな、とんでもない——愛しい娘が望むことは、なんでもかなえてあげてちょうだい。伯母さんたちは、本当にあの子によくしてくれるのね。それに、わたしにも。伯母さんたちに、いつまでも神様のご加護がありますように！」

しばし黙って耳を傾けたあと、母親は言った。

「なんて素敵なのかしら！　あの子のオルガンの音ね。あの子が自分で弾いているのかしら？」静寂の中から、胸を震わせる豊かな音色が小さく耳に届いた。「そうよ、あの子の演奏だわ、愛しい娘の。ちゃんとわかるわ。みんなが歌っている。あれは——賛美歌ね！　この上なく神聖で、心に触れて、慰めを与えてくれる……わたしのために、天国の門を開いてくれるような……いまここで死ぬことができたら……」

遠くでかすかに、静けさの中から言葉が響いた——。

主よ、みもとに　近づかん
みもとに　近づかん
登る道は　十字架に
ありとも　など　悲しむべき

賛美歌の終わりとともに、またひとつの魂が眠りについた。生きているあいだひとつだったふたりの魂は、死によっても隔てられることはなかった。伯母たちは悲しみながらも喜び、呟いた。

「あの子が本当のことを知らずにいられたのは、なんという幸福でしょう」

IX

真夜中、悲嘆に暮れながら寄り添って座るふたりの伯母のもとに、この世のものではない神々しい光に包まれて主の天使が姿を現し、こう言った。

「嘘つきの行き先は定められている。そこでいつまでも果てることなく地獄の炎に焼かれるのだ。悔い改めよ！」

家族を亡くした伯母たちは、天使の足もとにひざまずき、両手を合わせて白髪頭を垂れて、尊崇の念を表した。けれど、その舌は口の天井に張りついたままで、何も言えなかった。

「言うのだ！　さすれば、天の大法官府にことづけて、上訴を許さぬ判決を持ち帰ろう」

すると、伯母たちはさらに頭を低くして、ひとりが答えた。

「わたしたちの罪はたいへん重く、お恥ずかしい限りです。けれど、最後の最後にとことん悔いることで、ようやくわたしたちは完全になれるのです。わたしたちは人間としての弱さを思い知った、哀れな生き物です。そして、再びあのようなつらい難局に追い込まれたら、そのときはまた心を弱らせ、同じ罪を犯すだろうとわかっています。強い者であればそれに打ち克ち、救われるのでしょうが、わたしたちは道に迷いました」

　ふたりの伯母はすがる思いで頭を上げた。天使は姿を消していた。驚き、すすり泣くふたりのもとへ、天使は再び訪れた。そして身を屈め、天の判決を囁いた。

X

それは天国だったか？　それとも地獄だったか？

病人の話

The Invalid's Story

ぼくは六十歳の既婚者に見えるが、それは健康状態が思わしくないせいで、実際はまだ四十一歳の独身者である。いまでは影のようにしか見えないこのぼくが、ほんの二年前は元気いっぱいだった——屈強なスポーツマンそのものだった！——などとは、とうてい信じがたいだろうが、それが単純な事実なのだ。けれど、この事実よりもさらに奇妙なのは、ぼくが健康を損ねたいきさつだ。ある冬の夜、二百マイルの汽車旅で銃の入った箱を見張っているあいだに、ぼくは体調を崩した。これは嘘偽りのない真実であり、これからそのときのことをお話ししよう。

ぼくはオハイオ州クリーヴランドの人間だ。二年前の、ある冬の夜のことだった。日が暮れて間もなく、ぼくは荒れ狂う吹雪の中を家路に就くと、玄関を入るなりこんな知らせを受けた。子ども時代の最愛の友人で同級生だったジョン・B・ハケットが昨日亡くなり、彼が最期に呟いたのは、ウィスコンシンに住む老いた哀れな父母のもとに、このぼくが遺体を届けることを望む言葉だったというのだ。ぼくはひどくショックを受け、悲しみに暮れたが、感傷に浸っている暇などなかった。いますぐ出発しなければならない。《ウィスコンシン州ベスレヘム、助祭リーヴァイ・ハケット》と記された荷札を手に、うなりを上げる吹雪の中を鉄道の駅へと急いだ。

駅に着くと、特徴として説明されていたとおりのストローブマツ材の細長い箱を見つけた。ぼくは荷札をその箱に鋲で留め、急行列車に無事に積み込まれるのを見届けると、食堂に駆け込んでサンドイッチをひとつ食べ、葉巻を数本吸った。それからすぐに引き返すと、どうやらぼくの棺は再び降ろされてしまったらしく、鋲とハンマー、荷札を手にした若者が、その箱をつくづく眺めているのだ！

ぼくは驚き、とまどった。と、男が自分の荷札を鋲で打ちはじめるのが見えた。ぼくはカッとなって、急行列車に駆け寄り、どういうことか問いただそうとした。

が、それは違う箱だった——ぼくの棺は列車にちゃんと積まれたままだった。誰にも触られていなかったのだ（実は、ぼくがそのことを疑わなかったために、重大な手違いが起きていた。さっきの若者が駅からイリノイ州ピオリアのライフル販売店に送ろうとしていた銃の入った箱を、ぼくが取り違えてしまったせいで、彼は死体を送るはめになったのだ！）。

ちょうどそのとき、「発車します」と車掌が大声で知らせ、ぼくは急行列車に飛び乗って、ずらりと並んだバケツの上にゆったりと腰をかけた。輸送係もそこにいて、忙しそうに働いていた。五十歳くらいの気取らない男で、正直で単純で親切そうな顔立ちをしており、彼なりのやり方でてきぱきと元気よく立ち働いていた。列車が動き出すと、どこかの男が同じ車両に入ってきて、ぼくの棺——つまり、銃の箱——の片端に、すっかり熟成して食べ頃になった*リンバーガーチーズの包みを載せて、足早に出ていった。と言っても、いまでこそあれがリンバーガーチーズだったとわかっているが、そのときはそんなチーズの名前は生まれてこのかた聞いたこともなかったし、当然どんな特徴があるかなんて知る由もなかった。
列車は荒れくるう夜の中を駆け抜けた。嵐が激しく吹き、ぼくは惨めでたまらなくなり、ますます落ち込んでいくばかりだった！　老いた輸送係はこの嵐と北極並みの寒さについて、ひとことふたこと文句を言い、引き戸をぴしゃりと閉めて掛け金をかけ、窓をぴっちり閉めると、あっちからこっちからそっちへと、せわしなく動きまわり、積荷を整頓し、そのあいだ中讃美歌の『はるかにあおぎ見る　かがやきのみくにに』を気持ちよさそうに鼻歌で歌い続けていた。ほとんど抑揚をつけず、低い声で。

そのうち、凍えるような空気の中に、嗅いだこともないようなツンとくる悪臭が漂っていることに気づきはじめた。おかげでますます憂鬱になった。当然の成り行きとして、この悪臭の原因は死んだばかりの哀れな友人だと思い込んでしまったから。彼がこんな情けない哀れなやり方で自分の存在を思い出させようとしているのだと考えると、どうしようもなく悲しくなり、涙をこらえきれなかった。その上、

＊ベルギー産のチーズで、香りと味が強烈なことで有名である。

老いた輸送係にもこのにおいに気づかれるかもしれないと思うと、気が気じゃなかった。けれど、彼は穏やかに鼻歌を続け、なんのそぶりも見せなかった。これには救われた。そう、救われたのは確かだが、それでも不安は消えなかった。ぼくは刻一刻とますます不安を募らせた。刻一刻とにおいが強くなり、いよいよ耐えがたいほど悪臭がきつくなってきたのだ。

ほどなく、輸送係は納得いくまで積荷を並べ替えると、ストーブに薪を入れて盛大に火をおこした。ぼくは言いようがないほど取り乱していた。どう考えても間違いだと思ったから。死んだばかりの哀れな友人を炎で温めるなんて、まずい結果になるに決まっていた。トムソン――その夜を過ごすあいだに、輸送係の名前がトムソンだと知った――は、いまではこの車両の中を調べまわって、見落としていた隙間を見つけてはそこをふさいでいた。外がこんな寒さの夜だ、なんの気休めにもならないことはわかってるが、それでもなんとかおれたちがくつろげるようにしたいと思ってるんだよ、とトムソンは言った。ぼくは何も言わなかったが、トムソンは間違った方向に進んでいると思っていた。

　そうこうするあいだも、トムソンはそれまでと変わらず鼻歌を口ずさんでいて、そうこうするあいだも、ストーブはますます熱くなり、車両はますます密閉されていった。ぼくは吐き気をもよおして顔が青ざめていくのがわかったが、苦しみを胸の内に留めて、黙っていた。やがて、『はるかにあおぎ見る　かがやきのみくにに』を歌う声が、しだいに小さくなっていくのに気づいた。ついにはまったく聞こえなくなり、不気味な静寂が訪れた。ややあって、トムソンが口を開いた――。

「やれやれ！　ここに積み込んでストーブであっためてるのは、シナモンなんかじゃねえらしい！」

　トムソンは一度か二度、息を止めると、棺の――銃の箱に近づき、ほんの一瞬あのリンバーガーチーズを見おろす恰好で立ち、恐れ入ったという表情を浮かべながら、引き返してぼくのそばに腰をおろした。彼はしばし黙想に耽ったあとで、箱を示して言った――。

「あんたの友だちかね？」

「ああ」ぼくはため息混じりに答えた。

「だいぶにおうな、ええ！」

そのあとは二分間ほど沈黙が続き、それぞれ物思いに沈んでいた。やがてトムソンが、感に堪えないといった低い声で言った――。

「ときどき、本当に死んでるのか、わからねえことがあるんだよ――見たところは、死んでても――体が温かかったり、関節が柔らかかったり――死んだと思っても、実際どうかはわからねえ。この車両にいくつも棺を載せてきたけどね。そりゃもう、恐ろしいもんさ、いつ死体が起き上がってこっちを見るかわかったもんじゃねえんだから！」トムソンは一瞬の間を置いて、あの箱に向けて肘をちょいと持ち上げてみせた。「だが、あれは失神してるだけなんてこたあないね！　そうとも、旦那、あれのことなら、おれが保証してやるよ！」

ぼくらはしばらく黙って考え込みながら座っていて、風と列車のうなりを聞いていた。と、トムソンがしみじみと言った――。
「いやはや、おれたちゃみんな死ぬことになってて、避けることなんかできやしねえ。聖書にあるみてえに、[*1]女から生まれるもんは日が短く、悩みに満ちてんだ。そうさ、どんな見方をしたって構わんが、嘘偽りのねえ呪いってもんだよ。死から逃れることは、誰にもできねえんだ。みんないつかは死ぬしかねえ――言っちゃなんだが、ひとり残らず。今日の今日まで元気でぴんぴんしてたかと思えば――」ここでトムソンは慌てて立ちあがり、窓ガラスを一枚割って、一、二分のあいだそこに鼻を突っ込んでから、また腰をおろし、今度はぼくが急いで立ちあがって同じ場所に鼻を突っ込み、ぼくらはこんなことをたびたび繰り返した。「――次の日には草みたいに刈り取られて、聖書にあるみてえに、[*2]そいつの居たところも、もはやそいつを認めねえんだ。そうともさ、嘘偽りのねえ呪いってもんだよ。いつかはわからんが、おれたちゃみんな死ななきゃならねえ。避けることなんかできやしねえんだ」

*1「ヨブ記」第14章1節。
*2「ヨブ記」第7章10節。

再び長い沈黙が降りた。そして――。

「やっこさん、なんで死んだんだ？」

知らないとぼくは答えた。

「死んでから、どんだけ経つ？」

ここはひとつ、いかにも納得できそうな死亡時期に合わせて、事実を誇張しておくのが賢明に思えた。そこでこう答えた――。

「二、三日かな」

しかし、効果はなかった。トムソンはそれを聞くとむっとした顔になり、明らかに（二、三年の間違いだろう）と言いたげだった。そしていたって冷静にぼくの言葉を無視して、そのまま突き進み、埋葬をあまりにも先延ばしにすることの愚かさについて、長々と自らの見解を述べた。それから例の箱に近づいて行き、一瞬立ち止まったあと、猛烈な急ぎ足で引き返すと、割れた窓のところに行って、つくづくと呟いた――。

「去年の夏のうちに埋葬しておけば、どこもかしこも、まだマシな状態だっただろうによ」

トムソンは腰をおろすと、赤いシルクのハンカチに顔を埋め、耐えがたいことをせいいっぱい耐えようとしている人がするように、体をゆっくり揺らしはじめた。この頃にはそのにおいで――においなどという生やさしいものじゃなかったが――むせ返るようになっていて、窒息しそうなほどだった。トムソンの顔は土気色になりつつあった。ぼくの顔色もひどいものになっているはずだった。やがてトムソンは膝に肘をつき、左手で額を支え、反対の手で箱に向かって赤いハンカチをヒラヒラ振るような真似をしながら言った――。

「これまでにもいくつも死体を運んできたし――中にはずいぶん古いやつもあったがね――いやあ、そいつにかなうやつはいねえ！　しかも圧勝だよ。旦那、そいつに比べたら、ほかの死体のにおいなんか、ヘリオトロープの花の香りみたいなもんさね！」

この悲しい状況でも、哀れな友人がこうして認められたことにぼくは満足だった。トムソンは感心しきりという口調だったのだ。

そのうちに、何か手を打つ必要があることがはっきりしてきた。葉巻はどうだろう、とぼくは提案した。そいつは名案だとトムソンは思い、こう言った――。

「それでいくらか和らぐかもしれねえな」

しばらくぼくらはおっかなびっくり葉巻を吹かし、状況が改善されることを必死に思い浮かべた。が、どうにもならなかった。みるみるうちに、しかもなんの相談もなく、どちらの葉巻もぼくらの力ない指から同時にひっそりと落ちてしまった。トムソンはため息混じりに言った――。

「だめだな、旦那、葉巻なんかじゃそいつはこれっぽっちも和らげられねえ。それどころか、なおさらまずいことになった。かえってそいつのやる気を掻き立てちまったらしいからな。さて、これからどうしたもんかね？」

ぼくは何も思いつかなかった。実を言うと、四六時中、息を止めることを繰り返さなければならず、しゃべるどころじゃなかったのだ。トムソンはこの惨めな夜を過ごすことについて、憂鬱そうにとりとめのない話をブツブツ呟きはじめた。そしてぼくの哀れな友人のことを、さまざまな肩書きで呼ぶのだ――ときには軍隊の肩書きで、ときには市民の肩書きで。気づいたのだが、哀れな友人のにおいが強烈になるにしたがって、トムソンはそれに合わせて彼を昇進させていた――より高い階級を与えていったのだ。最終的にトムソンはこう言った――。

「ひとつ思いついたんだがね。ふたりでその大佐を車両の端っこにちょいと押しやってみるのはどうかな？　例えば、十フィートぐらい。そうすりゃ、においもそこまでしなくなるってもんじゃねえか？」

　それはいい考えだ、とぼくは言った。というわけで、無事にやりとげるまで息が持つよう、ぼくらは割れた窓ガラスから新鮮な空気をたっぷり吸い込んだ。それから箱に近づいていき、死ぬほど臭いチーズに身を屈め、箱に手をかけた。トムソンが「よしきた」とうなずくのを合図に、ぼくらは全体重をかけて箱を押そうとした。

が、トムソンは足を滑らせ、チーズの上に鼻を当てて倒れ込み、止めていた息を吸ってしまった。トムソンはゲーゲー言ってあえぎ、四苦八苦して立ちあがると、ドアへ向かって突進し、息を求めて手をばたつかせながら、しゃがれ声でわめいた。

「のいた、のいた！——通してくれ！　死んじまうよ、通してくれ！」凍える寒さのデッキに出て、ぼくが座ってしばらく頭を支えてやっていると、トムソンは元気を取り戻した。そしてすぐさま言った——。

「おれたち、あの大将をびっくりさせちまったかな？」

　そんなことはない、とぼくは言った。ぼくらは彼を動かしてもいなかったのだ。

「じゃあ、あの計画はおじゃんってことで。別のやり方を考えねえとな。あいつはあの場所が気に入ってるらしいし、本人が満足で、邪魔されたくねえと思ってんなら、自分の好きなようにするに違いねえ。そうとも、本人がそうしたいっていうなら、あのままいさせてやったほうがいい。なんてったって、あいつにはかないっこねえんだ、こっちがあれこれ口出ししたところで、どうにもならねえのが道理ってもんだ」

とはいえ、荒れくるう嵐の中に居続けるわけにもいかなかった。凍え死んでしまう。そんなわけで、ぼくらは再び車両の中に戻ってドアを閉め、またもや苦しみはじめ、代わる代わる窓のところでひと息ついた。やがて、ごく短いあいだ停車した駅から列車が出発すると、トムソンは陽気に踊りまわって高らかに宣言した——。

「もう大丈夫！　今度こそ、あの准将を打ち負かしてやれそうだぞ。ここにやっこさんをおとなしくさせてやるもんがあるはずでな」

それは石炭酸だった。木枠で保護された大型ガラス瓶に入っている。トムソンは石炭酸をそこらじゅうにまき散らした。それどころか、ライフルの箱も、チーズも、何もかもびしょぬれにしてしまった。そうして、期待に胸を膨らませながら腰をおろした。が、その期待は長続きしなかった。ふたつのにおいが混ざりはじめて、そのあとは——そう、ぼくらはすぐにドアへと走ることになった。外に出ると、トムソンはバンダナで顔をごしごしやって、しゅんとした口調で言った——。

「無駄だったな。あいつに逆らうことはできねえ。こっちがちょいと手をくわえてやろうとしても、それすらちゃっかり利用して、自分だけの香りをつけて返してくるんだからな。旦那、あんたわかってるかね、あの中はいまじゃあ、最初にやっこさんが事を起こしたときの百倍もひどい状態になってるよ。あいつらが準備運動をしてから仕事に取りかかって、忌々しいほどやり甲斐を見いだすなんて、まったくもって初めての経験だ。そうとも、旦那、この道を進みはじめてこのかた、こんな経験は一度もねえんだ。さっきから言ってるように、ああいう連中は大勢運んできたってのに」

かちこちに体が凍ったあとで、ぼくらはまた中に戻った。しかし、なんてことだ、いまでは中でじっとしていることもできなかった。だからぼくらは、ワルツを踊るように行ったり来たりして、凍って、溶けて、息ができなくなって、それらを交互に繰り返した。一時間ほどでまた別の駅に停車した。列車が駅を発つと、トムソンが袋を手にやって来て、言った——。

「旦那、おれはもういっぺんだけやってみようと思うんだ――最後にもういっぺんだけ。そんで、今度やっつけるのに失敗したら、そんときはきれいさっぱりあきらめるしかねえ。おれはそんな心づもりなんだ」

トムソンは、大量の鶏の羽、乾燥したリンゴ、葉タバコ、ぼろきれ、古い靴、硫黄、アサフェティダ*などを持ってきていた。そしてそれらを床の真ん中にある鉄板の上に積みあげると、火をつけた。うまいこと火が燃えはじめると、さすがにあの死体でも耐えられるとは思えなかった。これまでのにおいなんて、それに比べれば単純な詩みたいにあっさりしたものだった――が、なんとしたことか、元のにおいがこれまで以上に強烈ににおいたって――実際のところ、新たなにおいは元のにおいをさらに引き立てただけのようだった。それにしても、なんという濃厚なにおいだ！

ところで、ぼくはその場でこんなことを考えていたわけじゃない。そんな余裕はなかった。それはデッキに出てから考えたことだ。デッキに出て行こうとする途中

＊セリ科の植物。根茎を加工して薬や香辛料として用いる。加熱するとニラネギの香りがする。

で、トムソンは息ができなくなって倒れてしまった。ぼくは彼の襟首をつかんで、引きずり出したが、その前にもうちょっとでぼく自身も気を失うところだった。意識を回復すると、トムソンはしょんぼりしながら言った――。

「旦那、おれたちゃここにいるしかねえ。そうするしかねえんだ。ほかに手はねえ。あの知事ときたら、ひとりで旅がしたいらしい。てこでも居座って、おれたちより票を稼ぐ気だ」

さらに、続けてこうつけ加えた――。

「わかってるかね、おれたちゃ**バイキンにやられちまう**んだ。これが**おれたち**の最後の旅になるって、覚悟を決めておかねえと。この分だと腸チフスにかかるだろうからな。こうしてるいまも、感染していくのがわかるんだ。そうとも、旦那、おれたちゃ選ばれたのさ、生まれたってことと同じぐらい間違いねえこった」

一時間後、次の駅で、ぼくらは凍えて意識を失っているところをデッキから降ろされた。ぼくはすぐに悪性の熱病に侵され、三週間、人事不省に陥った。そのあとで、ぼくがあの恐ろしい夜を共に過ごしたのは、罪のないライフルの入った箱と、無害な大量のチーズだったことを知った。けれど、いまさら知ってもぼくを救うには手遅れだった。想像力がその威力を発揮して、ぼくの健康は永遠に損なわれてしまったのだ。バミューダだろうと、ほかのどんな土地だろうと、ぼくの健康を回復させることはできない。これはぼくにとって最後の旅だ。ぼくは死という家路に就こうとしている。

ジム・スマイリーと
飛び跳ねるカエル

Jim Smiley and His Jumping Frog

A・ウォード様

拝啓――親切でおしゃべりな老人、サイモン・ウィーラーのもとを訪ねて、あなたに頼まれたとおり、ご友人のレオニダス・W・スマイリーについて尋ねてみましたので、ここに結果を報告します。この内容からなんらかの情報を得られるのであれば、たいへん結構です。ぼくはひそかに疑っているのですが、あなたの言うレオニダス・W・スマイリーとは、架空の人物ではないのでしょうか――本当はそんな知り合いはいないのに、ぼくがウィーラー老人にスマイリーのことを尋ねたら、彼は悪名高いジム・スマイリーのことを思いだし、ぼくにはなんの役にも立たない長ったらしくて退屈でうんざりするような思い出話を始めて、ぼくを死ぬほど退屈させるだろうと思っただけなのでは。ウォードさん、それがあなたの目論見だとしたら、おめでとう、大成功ですよ。

古くからある鉱山集落ブーメランの傾きかけた小さな宿屋で、ぼくは酒場のストーブのそばに陣取って気持ちよさそうに居眠りをしているサイモン・ウィーラーを見つけた。禿頭で太っていて、穏やかな顔に無邪気で愛嬌のある柔らかな表情を浮かべていた。彼は目を覚まし、いらっしゃいとぼくに声をかけた。ぼくは、友人が少年時代に仲良くしていたレオニダス・W・スマイリー――レオニダス・W・スマイリー牧師――について尋ねるよう、頼まれてきたのだと話した。この若き伝道師が、ブーメランの村に暮らしていた時期があったと友人は聞いたらしいのです、このレオニダス・W・スマイリー牧師についてウィーラーさんから何かお話を伺えると、たいへんありがたいのですが、とつけ加えた。

サイモン・ウィーラーはぼくを酒場の片隅に追いやると、そこから動けないよう椅子で進路をふさいだ――そして椅子に腰かけて、このあとの段落に記す退屈な物語をよどみなく話しはじめた。笑みを浮かべもせず、眉をひそめもせず、最初の一文から始まった流れるような静かな口調を決して変えることなく、興奮した様子など少しも見せなかった――が、長ったらしく語り続けるあいだずっと、真剣で誠実な調子だったのが印象的で、ウィーラーにとってこの話は滑稽でもばかばかしくもなく、それどころか本気で重要な話だと思っているし、この物語のふたりの主人公を策略家の非凡な天才だと尊敬していることが、はっきり見て取れた。ぼくからすると、こんなに奇妙な話をにこりともせず、涼しい顔でとりとめなく話しつづける男の様子には、なんともいえないおかしさがあった。さっきも言ったとおり、レオニダス・W・スマイリー牧師について知っていることを話してくれと頼んだら、ウィーラーは以下のように答えた。ぼくは彼の好きにしゃべらせ、一度も口を挟まなかった。

「ジム・スマイリーって名前の男なら、以前ここにいたことがあるよ、一八四九年の冬だったな――あるいは一八五〇年の春かもしれん――どうも正確には思いだせんが、そのどっちかの年だったと思うのは、やつが初めてこの集落にやって来たとき、まだあの大きな用水路が完成していなかったのを覚えてるからだよ。だがとにかく、スマイリーって男はとんでもない変わり者で、目の前にあるもんはなんでも賭けの種にしてた。自分の裏に賭けるやつがいれば賭けて、裏に賭けるやつがいなけりゃ自分が裏に回って、表に賭けるやつを探して――相手がどっちに賭けようと、こっちはお構いなしってわけよ――とにかく賭けさえできりゃ、それだけで満足だったんだ。おまけに、スマイリーにはツキがあった――人なみはずれた強運の持ち主だったんだ。たいていの賭けには勝ってたな。そんで、いつでもチャンスが来るのを待ち構えてた。なんかの話になるたびに、じゃあ賭けようぜって言わなかった試しがねえんだからな――で、さっきも言ったとおり、どうぞあんたが好きなほうを選んでくれってな具合だ。競馬があれば、レースが終わる頃にはボロ儲けしてるか、すっからかんになってるかのどっちかだった。犬が闘ってりゃあ、賭けた。猫が闘ってりゃあ、賭けた。鶏が闘ってりゃあ、賭けた。塀に鳥が二羽止まってりゃあ、どっちの鳥が先に飛び立つか賭けようぜって言う——村の集会がありゃあ、ウォーカー牧師を賭けの種にするために、きっちり顔を出した。このウォーカー牧師のことは、このあたりじゃ誰より熱心に教えを説いてるってやつは思ってたし、実際そのとおりで、実に立派な牧師だったよ。スマイリーのやつは、フンコロガシがどっかへ行こうとするのを見ても、目的地に着くまでどれだけ時間がかかるか賭けようぜって言って、相手がその賭けに乗ろうもんなら、フンコロガシの行き先と到着までにかかった時間を確かめるため、メキシコまでだってついていったよ。ここらには、あいつのことを知ってるやつなら大勢いるし、聞けば話をしてくれるはずだ。あいつにとっちゃあ、違いなんてねえんだ——それこそなんにでも賭けてたんだから——ほんとに、とんでもねえやつだった。ウォーカー牧師の女房がひどく体調を崩したことがあってな、長患いになって、この分だと危ないんじゃないかってことになった。だが、ある朝スマイリーが見舞いに行って、奥さんの具合はどうだいって尋ねると、おかげさまでずいぶんよくなってきたよと牧師は答えた。どこまでも慈悲深い主のおかげだよ、天の祝福で順調に快復してきているから、いまに治るだろう、と。するとスマイリーのやつ、考えるより先に言葉が口をついちまったんだな。「ふーん、だとしても、おれは奥さんが治らないほうに二ドル半賭けるよ」

で、このスマイリーは雌馬を一頭飼っててな——みんなはそいつを《十五分遅れの老いぼれ馬》って呼んでたが、ふざけ半分で言ってただけで、もちろんそこまで遅いわけじゃなかった。スマイリーはあの馬のおかげで儲けてたもんだよ、あんなにのろまで、喘息だかジステンパーだか肺病だか、とにかくそんなような病気持ちだったってのに。みんなはあの馬を二、三百ヤード先から走らせてやったが、途中で追い抜かれちまうんだ。なのに、最後の最後に決まって猛烈に興奮しはじめて、大股で跳ねながら、脚をでたらめにくりだして、宙を蹴ったかと思えば、柵のどっちかに突っ込んでって、すんげえ土埃を立てて、咳したりくしゃみしたり鼻をかんだりで、すんげえ騒ぎを大きくするんだよ——で、なるべく正確に測ってみると、あいつはクビの差でいちばんにゴールしてるんだ。

　スマイリーはちっちゃなブルドッグの子犬も飼ってたが、怒りっぽそうな顔でそこらに座って、なんか盗むチャンスをうかがってるだけの、見るからに一セントの価値もなさそうな犬だった。ところがどっこい、金が賭けられたとたんに、まるで違う犬になるんだ——汽船の船首上甲板みたいに下顎を突きだしはじめて、歯を剥きだして溶鉱炉みたいにぎらぎら光らせるんだよ。別の犬がタックルしてきて、いたぶって、噛みついて、二、三回後ろに投げ飛ばしても、*アンドリュー・ジャクソン——それがこの犬ころの名前なんだ——アンドリュー・ジャクソンときたら、こうなるのは予想どおりだし、それで満足ですって顔しかしねえんだ。

　そんなわけで、相手の犬の賭け金ばっかり、どんどん、どんどん上がっていって、いよいよ相手は全額すっかり突っ込んじまう——と、アンドリューのやつ、いきなり相手の犬の後ろ脚の関節をつかまえて、へばりついて離れなくなるんだ——いいかね、噛みつくんじゃなくて、相手が降参するまで、たとえ一年かかっても、ただつかまえてへばりついてるんだ。スマイリーはあの犬ころのおかげでいつも勝ってたが、あるとき後ろ脚のねえ犬とあいつを組ませちまってね。後ろ脚を丸のこで切り落とされた犬だったもんで、ひととおりのことが済んで、賭け金も全額投入されたってところで、アンドリューはいざ得意技を披露しようとしたんだが、まんまとだまされたことにすぐ気づいて、言ってみれば、相手に対して手も足も出ねえってことがわかったもんで、びっくりした顔になったあと、今度はがっくりきたみたいで、もう闘いに勝とうともせず、ボロボロに打ちのめされちまった。後ろ脚をつかまえるのが闘いの切り札なのに、後ろ脚のない犬と闘わせるなんて、あんたのせいだ、心が傷ついた、と言わんばかりの顔で、あいつはスマイリーを見て、よたよたとちょっとばかり進んだかと思ったら、ぐったり倒れて死んじまった。

いい犬だったよ、あのアンドリュー・ジャクソンは。生きてたら名を成しただろうに、それだけの素質も特別な才能もあったんだからな――わかるんだよ、あいつには証明してみせるチャンスこそなかったが、才能ってもんがなけりゃ、犬一匹に

＊第七代アメリカ合衆国大統領の名前。

ああいう状況であんな闘いができたことの説明がつかねえだろう。あいつの最後の闘いと、その結果どうなったかを考えると、おれはいつも残念な気持ちになるよ。

さて、このスマイリーってやつは、ネズミをとっつかまえるテリアから雄鶏から雄猫まで、挙げはじめればキリがないぐらい、ありとあらゆる動物を飼ってて、こっちが何を連れてきても、必ず対戦者を引っぱりだしてきて賭けるんだ。ある日、やつはカエルをつかまえて、家に連れ帰って仕込むことにしたんだ。そんなわけで三か月間、裏庭でひたすらカエルに飛び跳ねるってことを教え込んだ。で、そのカエルはばっちりマスターしたわけだ。スマイリーが後ろからちょいとつっついてやると、次の瞬間、カエルのやつはタイヤみたいに空中でくるっと回転して、宙返りを一回、踏みきりが上手くいけば二回、それから猫みたいに足を着いて見事にべたっと着地してみせるのさ。ハエをつかまえるってときもこれをやらせて、ひっきりなしに訓練してたから、スマイリーが見た限りあのカエルはハエを捕らえそこねるってことはなかった。

あいつが言うには、カエルってもんは訓練あるのみで、仕込めばどんなことでもできるようになるんだと――おれはその言葉を信じてるよ。だって、この目で見たんだからな、あいつがダニエル・ウェブスター*をこの床に降ろして――ダニエル・ウェブスターってのがそのカエルの名前だったんだ――「ハエだ！　ダニエル、ハエだぞ」って叫ぶと、こっちがまばたきするより早く、あのカエルはまっすぐぴょーんと跳び上がって、あそこのカウンターに止まったハエをするするっと飲み込むと、泥のかたまりみたいにべしゃっとまた床に降りてきて、どんなカエルでもできることをしただけだっていうみたいに、何食わぬ顔をして後ろ脚で頭の横をボリボリ掻いてたよ。あれだけの才能がありながら、あいつみたいに謙虚で率直なカエルには、お目にかかれるもんじゃねえ。それに平らな場所で正々堂々と飛び跳ねるってことになると、カエルがこんなに飛び跳ねるところは見たことがねえってぐらい、ひとっ跳びでものすごい距離を跳び越えてみせるんだ。いいか、あいつは平らな場所で跳ぶのがいちばん得意で、平らなとこでの勝負となったら、スマイリーは一セ

＊アメリカの政治家・法律家の名前。

ント硬貨が一枚でも残ってる限り賭け金を出し続けるんだ。スマイリーのやつ、あのカエルのことをとんでもなく自慢にしてたが、そうなるのも当然だ、あちこち旅して回ってきた連中が、こんなにすごいカエルは見たことがねえって、口を揃えて言うんだからな。

　スマイリーはあのカエルを小さな格子の箱に入れていて、ときどき町に連れていっては賭けの相手を探してた。ある日、ひとりの男が——この鉱山集落じゃ見かけない男だった——スマイリーの箱を見て言った。

「その箱の中には何が入ってるんだ?」

　するとスマイリーは、どうでもよさそうな感じに答えた。「オウムかもしれない、カナリアかもしれない、でも違うんだな——ただのカエルしか入ってない」

と、男は箱を取って、そっと中を覗き込み、ためつすがめつしたあとで言うんだ。

「ふうん——確かにカエルだ。で、そいつの特技は?」

「そうだなあ」スマイリーはのんびりした口調で答える。「そこそこ得意なことがひとつはあるって言えるかな。こいつはカラベラス郡のどのカエルより遠くまで跳べるんだ」

男はもう一度箱を手に取って、もう一度じっくり入念に眺めてから、箱を返してひどくゆっくりと言うんだ。「うーん――おれにはそのカエルがほかのカエルよりどこか優れてるようには見えないけどなあ」

「あんたにゃわからんのかもな。あんたはカエルのことがわかってるのかもしれないし、わかってないのかもしれない。あんたはカエルを色々見てきたのかもしれないし、言ってみればただの素人なのかもしれない。とにかくだ、おれにはおれの意見があるんでな、こいつがカラベラス郡のどのカエルより遠くまで跳べるほうに四十ドル賭けよう」

すると男は少しのあいだ考え込み、どこか悲しそうに言うんだよ。「うーん――おれはこのあたりの人間じゃないし、カエルなんて飼ってないからな――カエルがいれば賭けに乗るんだが」

それを聞いたスマイリーは言うんだ、「それなら問題ねえ——問題ねえよ——ちょっとこの箱を持っててくれりゃあ、あんたのためにカエルを一匹つかまえてきてやるからさ」って。で、男は箱を受け取って、自分も四十ドル出してスマイリーのと一緒にすると、座って待った。

そいつはしばらくのあいだ考えに考えたあとで、箱からカエルを出して口をこじあけると、ティースプーンを使ってウズラ撃ち用の散弾をざらざら詰めて——顎のあたりまでたっぷり詰め込んで——床に降ろした。いっぽうスマイリーは、長いこと沼で泥を跳ね散らしながら探し回っていたが、ついにカエルを一匹つかまえると、連れて帰って男に渡して言うんだ。

「じゃあ、準備ができたら、そいつをダニエルと並べて降ろして、前脚の位置がダニエルと揃うようにしてくれよ、そしたらおれが掛け声をかけるからさ」そうしてスマイリーが、「一、二、三——跳べ！」って合図して、ふたりはそれぞれ後ろからカエルをちょんとつついてやった。新しいカエルは元気よく飛び跳ねたが、ダニエルのやつは重い体を持ちあげようとして、フランス人みたいに——こんな具合に——肩を上げたものの、無駄だった。ほんのちょっぴりだって飛び跳ねやしない。鉄床みたいにどっしりと据えられて、錨で固定されたみたいにびくともしない。スマイリーはそりゃもうびっくりしたし、むかっ腹も立ててたが、当然、何がどうなってんだかわかるはずもねえんだな。

男は金をもらって立ち去ろうとしたが、ドアを出ていこうとしたとき、肩越しに親指をぐいとやって——こっちのほうに——ダニエルに向けると、もう一度ひどくゆっくりと言うんだ。「うーん——おいおい、おれにはそのカエルが、ほかのカエルよりどこか優れてるようには見えないけどなあ」

スマイリーのやつは、頭をぽりぽり掻きながら、長いことダニエルを見おろしてたが、やがてこう言うんだ。「こいつはいったいなんだって試合を捨てたりしちまったのか、ほんとに不思議だよ——どこか調子がおかしいのかな——なんだか、ずいぶんふくれて見えるけど」そんで、ダニエルの首のところをつかんで持ちあげて、

「なんだなんだ、この重さは五ポンドはあるぞ」カエルの体をひっくり返してみると、両手一杯分はありそうな散弾を吐きだした。それでスマイリーは事情を飲み込み、怒りくるった――カエルを降ろすと、あの男を追っかけて飛び出してったが、つかまえることはできなかった。で――。

と、ここでサイモン・ウィーラーは表の庭から名前を呼ばれるのを耳にして、立ちあがってなんの用か確かめにいった。彼は出ていこうとしながら、こっちをふり返って言った。「あんた、そのままそこに座って待っててくれよ、ゆっくりしてさ――すぐに戻ってくるから」

けれど、失礼ながら、進取的で気ままに暮らすジム・スマイリーの物語の続きを聞いたところで、レオニダス・W・スマイリー牧師に関する情報がたいして得られるとも思えないので、ぼくは出ていくことにした。

入り口のところで、人好きのするウィーラー老人が戻ってくるのに鉢合わせし、彼はぼくを引き止めて再び長話をはじめようとした。

「そうさな、このスマイリーのやつは、黄色い片目(かため)の牛を飼(か)ってたんだが、そいつは尻尾(しっぽ)ってもんがなくてな、あるのはバナナみたいな短い付け根の部分だけで――」

「ああもう、スマイリーもつらそうな牛もくそくらえだ!」と、ぼくは愛想(あいそ)よく呟(つぶや)くと、ご機嫌(きげん)ようと老紳士(ろうしんし)に挨拶(あいさつ)をして、店を去った。敬具(けいぐ)

マーク・トウェイン

百万ポンド紙幣

The £ 1,000,000 Bank-Note

二十七歳の頃、ぼくはサンフランシスコのある鉱業株式仲買店の店員をしていて、株の売買にかけてはどんな細かなことにも精通していたので、天涯孤独の身だったので、頼れるものといえば、自らの機知と無傷の評判だけだった。だが、これらのおかげで、いずれは富を手に入れられる道に足を踏みだしていたので、先行きは明るいと満足していた。

毎週、土曜の午後に取引所が閉まったあとは、自由な時間ができ、入り江に浮かべた小さなヨットで過ごすのが常だった。ある日、ヨットを遠くまで進めすぎて、沖に運ばれてしまった。ちょうど夕暮れが訪れる頃、もうこれまでかと諦めかけたとき、ロンドン行きの小型ブリッグ帆船に救助された。嵐の中の長い航海になり、ぼくは一船員として無給で働かされた。ロンドンに上陸したときには、服は着古してボロボロになり、ポケットにはたった一ドルしか入ってなかった。最初の二十四時間は、この金で飲み食いし、雨風をしのいだ。次の二十四時間は、飲み食いもできず、雨風もしのげなかった。

翌朝の十時頃、ぼくは空腹で気分がすぐれず、体を引きずるようにしてポートランド街を歩いていると、子守りに手を引かれた通りすがりのひとりの子どもが、大きくて美味しそうな梨を――ひとかじりしただけで――溝に投げ捨てた。当然ぼくは立ち止まり、泥にまみれたお宝を物欲しそうな目でじっと見つめた。よだれは出てくるわ、腹は鳴るわ、ぼくの全身がその梨を欲していた。ところが、梨を拾おうとするたびに、通りかかった人の目がぼくの狙いを見抜き、そうなるとぼくとしてはやはり背すじを伸ばして無関心を装い、梨のことなんか考えてもいないふりをするしかなかった。こんなことが何度も繰り返されて、いつまでも梨を拾うことができずにいた。もうどうにも我慢ができなくなり、恥を忍んで拾おうとしたとき、背後にある窓が開き、ひとりの紳士が大きな声で呼びかけてきた。

「どうぞ、お入りください」
ぼくは仕立てのいい服装の使用人に招き入れられ、年老いたふたりの紳士が座っている豪華な部屋に通された。ふたりは使用人をさがらせると、座りなさいとぼくに言った。ふたりはちょうど朝食を食べ終えたばかりで、食べ残しを見ているだけでぼくは気が遠くなりそうだった。そんな食べ物を前にしていると、理性を保つのもやっとだったが、試食を勧められたわけでもないので、空腹に必死に耐えるしかなかった。

さて、その少し前にこの部屋ではあることが起きていて、それから数十日間が過ぎるまで、ぼくは何も知らなかったのだが、それがなんだったのかをいまお話ししておこう。この年老いたふたりの兄弟は、二、三日前に熱い議論を闘わせていて、どちらが正しいかを賭けで決めようということで話がまとまっていた。イギリス人はなんでもそうやって解決するのだ。

外国との公の取り引きに関係した特別な目的に使うため、かつてイングランド銀行が百万ポンド紙幣を二枚発行したのを覚えているだろうか。あの紙幣はなんらかの理由により、使用されて無効になったのは一枚だけで、もう一枚は銀行の金庫に眠ったままになっていた。この兄弟はおしゃべりをするうちに、もしも正直で利口そのものの外国人がロンドンで路頭に迷い、ひとりの知り合いもなく、あの百万ポンド紙幣のほかは金もなく、なぜその紙幣を所有しているのか説明するすべも持たなかったとしたら、その人物の運命はどうなるだろうかという話になった。兄弟Aは、その人物は飢え死にするだろうと言った。兄弟Bは、そうはならないと言った。兄弟Aは、その人物はただちに逮捕されてしまうだろうから、百万ポンド紙幣を銀行でもどこでも使うことはできないと言った。兄弟は議論を続け、やがて兄弟Bが、その人物はとにかく三十日間は生き延びて、刑務所にも入れられないほうに二万ポンド賭ける、と言いだした。兄弟Aも賭けに応じた。兄弟Bはイングランド銀行へ行き、百万ポンド紙幣を買い取った。いかにもイギリス人らしい、とことん肝が据わった男たちなのだ。それから手紙を口述して、使用人のひとりに綺麗な字で書き取らせると、ふたりの兄弟は日がな一日窓辺に腰かけ、それを渡すのにふさわしい男を探して外を眺めていた。

正直だが利口ではなさそうな顔をした大勢の人々が通り過ぎていった。利口だが正直とは言えなさそうな人々も大勢いた。正直で利口そうな者も大勢いたが、彼らは貧しいとは言えず、あるいは貧しくても外国人ではなかった。決まってどこかしら欠けている点があったのだ、ぼくが通りかかるまでは。ぼくならすべての条件を満たすということで、兄弟の意見は一致した。そんなこんなで、ぼくは満場一致で選ばれたわけで、いまこうしてここにいて、なんのために呼ばれたのか教えてもらうのを待っているのだ。兄弟はぼくにあれこれ質問しはじめ、ほどなくぼくの身の上を知ることになった。最終的に彼らは、ぼくがふたりの目的にかなうだろうと言った。それは本当によかった、でも目的ってなんでしょうか、とぼくは尋ねた。すると、ひとりがぼくに一通の封筒を差しだし、説明はその中にあると話した。ぼくは封筒をあけようとしたが、だめだと止められた。宿に持ち帰ってから、じっくり読みたまえ、焦って向こうみずな行動を取ってはいかんぞ、と。ぼくは困惑し、もう少し話を聞かせてほしかったが、ふたりは説明してくれなかった。ぼくはどうやらいたずらに引っかかったらしいことに傷つき、気分を害していたが、金持ちで権力のある人たちから侮辱されても憤ることもできない状況で、耐え忍ぶよりほかはなく、屋敷を立ち去った。

今度こそあの梨を拾って、世界中に見守られながら食べるつもりだったが、梨はなくなっていた。つまり、この不運な成り行きのせいで梨を食べ損ねたわけで、あの兄弟に対するぼくの感情は和らげられはしなかった。屋敷から見えなくなるとすぐに、封筒を開いてみると、そこには金が入っていた！ はっきり言って、あの兄弟に対するぼくの考えは変わった！ ぼくは一瞬も無駄にせず、手紙と金をベストのポケットに突っ込むと、すぐ近くにあった安食堂に飛び込んだ。ぼくがどんなにたらふく食べたことか！ とうとう、これ以上は食べられないほど満腹になると、金を取り出して紙幣を開き、ひと目見たとたん失神しそうになった。換算すると五百万ドルもの値打ちのある金だ！　頭がくらくらした。

　ぼくは度肝を抜かれて、目をぱちくりさせながら、一分間ほど紙幣を見つめていたようだが、そのうち我に返った。まず最初に気づいたのは、店主の存在だった。店主は紙幣を見つめ、呆然としていた。全身全霊を捧げて拝むばかりで、手も足もぴくりとも動かせなくなっているかのようだった。ぼくは頃合いを見計らって、理にかなっているただひとつの行動を取った。店主に紙幣を差しだして、のんきな口調で言ったのだ。

「お釣りをもらえませんか」

　すると、店主は正気を取り戻して、紙幣を崩せないことを何度も何度も謝って、その金に触ろうともしなかった。店主は百万ポンド紙幣を眺めたがり、いつまでも見とれていた。いくら眺めても目の渇きを癒すには足りないみたいだったが、あまりの神聖さに哀れな凡人には扱いきれないと言わんばかりに恐れ入って、紙幣に触ろうとはしなかった。ぼくは言った。

「ご迷惑かもしれませんが、どうしてもお願いします。これを崩してください。ほかに持ち合わせがないもので」

ところが店主は、そんなことはお構いなく、これっぽっちの金額ですし、お支払いは次回で構いませんと言ってきかないのだ。このあたりにはしばらく来られないかもしれないんだけど、とぼくは言った。けれど、そんなの取るに足らないことです、いつまでもお待ちします、と店主は言い、そればかりか、いつでも好きなものを好きなだけ召しあがってください、お支払いは気が向いたときで結構ですんで、と来たもんだ。あなたは面白いかたで、そんな服装をして世間をからかっていらっしゃるようですが、こっちだって、それだけであなたのようなお金持ちの紳士を信じられなくなるような性質じゃございませんよ、と言って。そのときには、別の客が店に入って来ていたので、そのばかでかい怪物は見えないところにしまったほうがいいと、店主はぼくにほのめかした。そして店の入り口までわざわざ見送っておじぎ辞儀をしてくれた。ぼくはあの兄弟がいる屋敷へとまっすぐ引き返し、警察に捜されて間違いを正すよう促される前に、自ら間違いを正そうとした。ひどく落ち着かない気分で、もちろんぼくは何も悪くないのだが、実際のところ、怖くてたまらなかった。放浪者に一ポンド紙幣をくれてやるつもりが、百万ポンド紙幣をわたしてしまったと気づいたら、責めるべきは自分の近視なのに、それを棚に上げて、相手に激しい怒りの矛先を向けるに決まってる。人間とはそういうものなのだ。屋敷に近づくにつれ、ぼくの興奮はおさまりはじめた。というのも、屋敷はしんと静まり返っていて、この大失敗がまだ判明していないのは間違いなさそうだったから。呼び鈴を鳴らすと、同じ使用人が応対した。ぼくはあの紳士たちに会わせてほしいと頼んだ。

「おふたりはお出かけになりました」こういう人種に特有の、傲慢で冷たい言い方だった。

「出かけた？　出かけたって、どこへ？」

「ご旅行です」

「でも、どのあたりへ？」

「大陸ヨーロッパかと存じます」

「大陸ヨーロッパ？」

「さようで」

「どっちの方向へ――どのルートで？」

「お答えしかねます」

「いつ帰ってくる？」

「一か月後と仰っしゃっていました」

「一か月！　そんな、たいへんだ！　どうにかして、あの人たちに連絡を取る手段はないのか。きわめて重大な用があるんだ」

「どうしたって無理です。おふたりがどちらにいらっしゃるのか、わたくしには見当もつきませんので」

「だったら、家族に会わせてもらうしかない」

「ご家族もお留守です。何か月も国外でお過ごしです——おそらく、エジプトとインドかと」

「なあきみ、とんでもない手違いがあったんだ。あの紳士たちは夜になるまでに戻ってくるだろう。ぼくがここに来たと伝えてもらえないか？　間違いをすっかり正すまで何度でも来るから、心配はいりません、と」

「もしもお戻りになられたら、そのときはお伝えしますが、お戻りにはならないと思いますよ。おふたりは、あなた様が一時間以内にやって来て質問するだろうと仰しゃっていましたが、大丈夫だとお伝えするようことづかっています。時間どおりにお戻りになられて、あなた様をお待ちするそうです」

そんなわけで、ぼくは諦めて立ち去るしかなかった。まったくもって謎めいている！　頭がおかしくなりそうだった。あの兄弟は《時間どおり》に戻るという。それはいったいどういう意味だろう？　そうだ、あの手紙を読めばわかるかもしれない。手紙のことをすっかり忘れていた。ぼくは手紙を取り出して、目を通した。そこにはこう書かれていた。

　きみは正直で利口な人間だ、顔を見ればわかる。それに、金に困った外国人のようだ。ここにいくらか金を同封しておく。それを三十日間、無利子できみに貸すものとする。三十日後、この屋敷に報告しに来てくれたまえ。わたしはきみに賭けている。もしもわたしが賭けに勝ったら、お礼としてどんな地位でもきみに与えよう——きみがその仕事に精通していて、立派に果たせると証明できるなら、どんな地位でも。

　署名も、住所も、日付もない。

　いやはや、厄介なことになったものだ！　読者のみなさんはここに至るまでのいきさつをご存知だが、ぼくは違う。ぼくにとっては、なんとも不可解な謎だった。どういう目的なのかさっぱり見当もつかず、受けようとしているのが厚意なのか危害なのかもわからなかった。ぼくは公園に行き、腰を落ち着けて頭を整理して、どうするのがいちばんいいのか考えようとした。

一時間が過ぎようとする頃、あれこれ推理した結果、ぼくはこんな判断を下していた。

あの兄弟はぼくに親切にしようとしているのかもしれないし、ぼくを傷つけようとしているのかもしれない。それがどちらなのかは、判断する手だてがない——だから置いておこう。彼らはなんらかの目的だか、計画だか、実験だかを実行中である。それがなんなのかは、判断する手だてがない——だから置いておこう。ぼくを賭けの対象にしている。それがなんなのかは、判断する手だてがない——だから置いておこう。確かめようのないことについては、これで片づく。残りの問題ははっきりしていて動かしがたいものだから、確信を持って分類できそうだ。もしもイングランド銀行にこの紙幣を持っていって、持ち主の口座に入金してくれと頼んだら、そうしてもらえるだろう。ぼくは持ち主のことを知らなくても、銀行は知っているのだから。しかし、ぼくがどういうわけでこの紙幣を手に入れたのか尋ねられるだろうし、たとえ本当のことを話したとしても、当然ぼくは精神科病院に入れられるだろうし、かといって嘘をつけば、刑務所に入れられてしまうだろう。この紙幣をどの銀行に預けようとしても、これで金を借りようとしても、同じ結果になるはずだ。望もうと望むまいと、あの兄弟が帰ってくるまで、ぼくはこの巨大な重荷を担わなければならない。この紙幣はぼくにとって一握りの灰と同じぐらい無益なものなのに、生きるための施しを乞いながら、これに気を配り、大事に守らねばならないのだ。誰かにあげようとしたって、それもできるはずがない。正直な市民にしても、追いはぎにしても、この紙幣を受け取ろうとはしないだろうし、一切関わろうともしないだろう。あの兄弟は何も案じる必要がない。ぼくが彼らの紙幣をなくしてしまったり、燃やしてしまったりしても、心配する必要はないのだ。彼らは支払いを止めさせることができるし、イングランド銀行は全額返済してくれるだろう。それに対して、ぼくのほうは、無給でなんの利益もなく一か月間の苦しみを乗り切らなくてはならない――なんだかわからないが、その賭けとやらに勝てるよう尽力して、約束された地位を手に入れられればいいのだが。なんとしても手に入れたいものだ。ああいう種類の人たちにとっては、手に入れるだけの価値のある地位を与えるぐらい、わけもないことだ。

　その地位についてあれこれ考えるうちに、期待が高まってきた。給料が高いのは間違いない。一か月後には、そんな暮らしが始まるのだ。そうなったら、もう大丈夫だ。たちまち、最高の気分になっていた。この頃には、ぼくはまた町をてくてく歩きだしていた。仕立て屋が目に入り、ぼろぼろの服を脱ぎ捨てて、ぱりっとした服を着たいという衝動に襲われた。新しい服を買えるだろうか？　いいや。ぼくには百万ポンドしかないのだ。だから、強いて仕立て屋の前を通り過ぎた。が、すぐにまたふらふらと戻ってきてしまった。ぼくは容赦ない誘惑に苦しめられていた。男らしくもがくうちに、その店の前を六往復はしていたに違いない。ついにぼくは降参した。そうするしかなかった。寸法が合わなくて突き返されることになった服はないか、と尋ねてみた。ぼくが話しかけた店員は、別の店員に向かって頭をうなずかせただけで、返事をしなかった。指示された店員のもとへ行ってみると、彼もまた別の店員に向かって頭をうなずかせただけで、何も言わなかった。その店員のもとへ行くと、こう返事があった。

「少々お待ちを」

その店員の用が済むまで待っていると、やがて奥へ案内された。店員は突き返されたスーツの山をあさり、とりわけみすぼらしい一着を選んだ。ぼくはそれを着てみた。寸法は合わないし、魅力のかけらもない服だったが、新品には違いなく、ぼくはどうしても欲しくなった。だから、なんのけちもつけず、おずおずとこう言った。

「何日か代金の支払いを待ってもらえるとありがたいんだが。あいにく小銭の持ち合わせがなくて」

店員は、皮肉っぽいことこの上ない表情を浮かべて、言った。

「おや、小銭はお持ちでない？　そうでしょうとも、そうだと思っていましたよ。あなた様のような紳士は、大きいお金しかお持ちじゃないでしょう」

ぼくはイライラして、言い返した。

「なあきみ、知らない相手を服装だけで判断するのはよくないよ。ぼくはちゃんとこの服の代金を支払えるんだ。大きなお札を崩してもらうのは、きみに手間をかけることになると思っただけで」

店員は少し態度を改めたが、まだいくらか鼻につく口調で言った。

「悪気があったわけじゃございませんよ、ただ、こうやってお叱りを受けるんでしたら、お言葉ですが、あなた様がお持ちの紙幣をこちらが崩せないと簡単に決めつけられるのも問題かと。とんでもない、お釣りならご用意できますとも」

ぼくは店員に紙幣をわたした。

「そうかい、それなら結構。失礼したね」

店員は紙幣を笑顔で受け取ったが、その笑みたるや、顔いっぱいに大きく広がって、そこにしわもくぼみも渦も含まれ、まるでレンガを投げ込んだ池の水面みたいだった。そうして、紙幣にちらりと目をやると、その笑顔は凍りつき、黄色くなり、ヴェスヴィオ火山の山腹にある小さな平地で固まっている、波打つ穴のあいた溶岩の広がりみたいに見えた。笑みがそんなふうに固まって、そのまま永続するところを、ぼくは初めて見た。店員が紙幣をつかんで、そんな状態で立ち尽くしていると、どうしたことかと店主が慌てて駆けつけて、きびきびした口調で言った。

「おや、どうしました？　何かお困りですか？　ご入り用のものは？」

ぼくは答えた。「困ってるわけじゃないんだ。お釣りを待っているだけで」

「これこれ、トッド、こちらのかたにお釣りを差し上げなさい。さあ、お釣りを差し上げなさい」

トッドはそっくりそのまま言い返した。「お釣りを差し上げなさい！　そう言うのは簡単ですけどね。この紙幣を自分で見てくださいよ」

店主は紙幣をひと目見ると、感情のこもった低い口笛を吹き、突き返された服の山に突進して、あっちやらこっちやら引っつかみ、そのあいだじゅう興奮した口調でひとりごとみたいに話し続けていた。

「変わり者の百万長者に、話にもならないこんな服を売りつけようとするとは！　トッドの間抜けめ――生まれながらに間抜けなやつだ。いつもそんな調子なんだからな。この店から百万長者をひとり残らず遠ざけちまうんだ、百万長者と放浪者の区別もつかないせいで。トッドはこの先もずっとそうだ。ああ、探していた服がここにあった。どうぞそちらはお脱ぎください、そして火にくべてしまいましょう。恐れ入りますが、こちらのシャツとスーツをお召し頂けますか？　これこそお客様にぴったり、うってつけの品でございます――ごてごてせず、たっぷりしていて、上品で、公爵様にふさわしい洒落た一品です。ある外国の大公に注文された品でして――ご存知かもしれませんね、ハリファックス大公殿下ですよ。ところが殿下の母君が危篤に陥られて――結局、お亡くなりにはなりませんでしたが――、そのためこちらの品の代わりに喪服をご着用になられたんです。ですがまあ、それは構いません。いつでもこちらの思いどおりに事が運ぶわけでは――いや、つまり、あちらの思いどおりに――さあ、どうです！ズボンはいいでしょう、寸法がぴったり合っていますよ、お客様。ではベストは、と。ははあ、こちらもぴったりです！では、上着は――なんたること！いかがでしょう、ご覧ください！完璧です――何から何まで申し分ありませんな！仕立て屋として、こんな大成功は初めてでございます」

ぼくは満足していることを伝えた。

「たいへん結構でございます、お客様、ええ、たいへん結構でございます。一時的にお召し頂く分には、こちらで充分でございましょう。ですが、お客様の寸法を頂いたら、手前どもがどんな服をお仕立てするか、どうぞ楽しみにお待ちくださいませ。ほら、トッド、ペンと帳面を。記入するんだ。脚の長さ、三十二インチ――」そんな具合に続いた。ぼくにひと言も話す間を与えず、店主は採寸を済ませ、礼服、モーニング、シャツなど、ありとあらゆる服を仕立てるよう命じていた。口を挟む隙ができると、ぼくは言った。

「待ってください、ぼくはこんなに注文できませんよ。支払いを無期限に待ってもらうか、この紙幣を崩してもらわないことには」

「無期限に！　そんな言葉は不充分でございますよ、お客様、不充分な言葉でございます。永久に――それこそがふさわしい言葉でございます。トッド、こちらの品を大急ぎで仕立てて、ぐずぐずしないでこの紳士のご住所にお届けするんだ。中流のお客は待たせておけばいい。こちらの紳士のご住所を書き留めて――」

「宿を変えるところなんだ。いずれ店に寄って、新しい住所を知らせるよ」

「たいへん結構でございます、お客様、ええ、たいへん結構でございます。少々お待ちを――お出口までお送り致します。それでは――ご機嫌よう、お客様、ご機嫌よう」

　さて、これからどういうことになったのか、おわかりだろうか？　いつの間にかぼくは欲しい物はなんでも買い、お釣りをくれと頼むようになった。一週間と経たずに、ぼくは必要な日用品や贅沢品を惜しみなくすべて手に入れて、ハノーヴァー・スクエアに建つ紹介者以外は泊まれない高級ホテルに居を構えた。夕食はホテルで取ったが、朝食はハリスの安食堂で取るようにしていた。百万ポンド紙幣で初めて食事をしたあの食堂だ。

ぼくはハリスの店を繁盛させたのである。ベストのポケットに百万ポンド紙幣を入れた変わり者の外国人が、この店の守護聖人だという噂は、あちこちへと広がった。それで充分だった。金に困り、苦しみもがき、経営のかつかつだった小さな店は、有名になってお客であふれていた。ハリスは大いに感謝して、ぼくに強引に金を貸そうとして、断ろうにも聞き入れなかった。そんなわけで、ぼくは貧乏でありながら、遣える金を手にしていて、裕福な大物みたいに暮らしていた。こんな暮らしはもうすぐ破綻をきたすはずだと思ってはいたが、こういう状況になってしまったからには、泳ぎ切るか溺れるかのどちらかしかない。いつ惨事が起きてもおかしくはなく、そう思うとこれは深刻で、笑いごとではなく、そう、悲劇と言ってもいい状況だったが、さもなければただただ滑稽な状況だった。夜になり、暗くなると、いつも悲劇の部分が表に出てきて、警告し、脅しをかけてきた。おかげでぼくはうなされて何度も寝返りを打ち、安眠することもできなかった。けれど、明るい日中になると悲劇の要素は色褪せて消え去り、ぼくは意気揚々として、言ってみればめまいがするほど幸せに酔いしれていた。

そうなるのも当然だ。なんといっても、ぼくは世界の首都たるロンドンで有名人になり、ちょっとどころか、すっかりのぼせあがってしまったのだ。イギリス、スコットランド、アイルランドの新聞を手に取れば、《ベストのポケットに百万ポンド紙幣を入れている男》の近況や最新の発言について、ひとつふたつ記事が掲載されていないものはない。最初のうち、これらの記事は、私事に関する噂を扱った欄のいちばん下に掲載されていた。次にはナイト爵の上に掲載され、次には准男爵の上、次には男爵の上、そんな調子がどんどん続いて、評判が高まるにつれて着実にのぼりつめていき、ついにはこれ以上ない高さにまで到達した。王族ではないすべての公爵の上、全イングランドの首位聖職を除くすべての聖職者の上に立ち、その位置を不動のものとした。

しかし言っておくが、これは名声ではなかった。ぼくはまだ、よくも悪くも有名になったに過ぎなかった。やがて、頂点に達する一撃――言うなれば、ナイトの爵位授与式――が到来し、腐敗しやすい浮きかすのような評判は、黄金色に輝く不朽の名声へと一瞬にして変わった。諷刺雑誌の『パンチ』に、ぼくの漫画が描かれたのだ！　そう、これでいまや、ぼくは成功者の仲間入りを果たした。ぼくの地位は確立された。

いまでも冗談の種にされることはあっても、ぶしつけにばかにされるのではなく、敬意を表されていた。ほほ笑みかけられることはあっても、嘲られることはなかった。そんな時期は過ぎ去ったのだ。『パンチ』には、ぼくがボロをまとってびくびくしながら、ロンドン塔にのぼらせてくれと衛兵にかけ合っている漫画が掲載された。これまで注目を集めたことなどなかった若者が、突如として、発言ひとつにしても至るところで取り上げられて伝えられるということになれば、どんな気分になるかは想像がつくだろう。一歩外に出れば、「あそこを歩いている人をご覧よ、あの人だ！」とみんなが口々に言うのが絶えず耳に入ってくる。朝食をとっていれば、どれどれと人だかりができる。オペラのボックス席に座っていれば、無数のオペラグラスによる集中砲火を受ける。そう、ぼくは一日中、栄光に浸っていた――つまりはそういうことだ。

ぼくはあの古いボロボロのスーツも取っておいた。ときどきそれを着て表に出て行き、少額の買い物をして、侮辱されたところで、あの百万ポンド紙幣で嘲笑った相手を撃ち殺してみせるという、いつものお楽しみのために。しかし、それも続けることはできなかった。漫画に描かれたために、あの服装が有名になってしまったので、ボロボロのスーツを着て出かけていくと、すぐに気づかれてしまい、群がった人々が後ろからぞろぞろついてくるのだ。買い物をしようとしても、百万ポンド紙幣を出す前に、店中の商品をツケで構わないからと勧められてしまう。

有名になって十日ほど過ぎた頃、ぼくは国旗に対する義務を果たすべく、駐英アメリカ公使に挨拶をしにいった。公使はぼくの立場にふさわしい熱狂ぶりで歓迎してくれ、なかなか義務を果たさなかったことを責めて、罪ほろぼしの方法がひとつだけあると言った。それは、招待客のひとりが病気になって空席ができた、その晩に開かれる晩餐会に出席することだ。出席しましょうと返事して、ぼくたちはおしゃべりを始めた。公使とぼくの父親は少年時代に同級生で、のちにはイェール大学に共に通い、ぼくの父が亡くなるまでずっと温かい友情が続いていたことがわかった。そんなこんなで、時間があるときはいつでも我が家に立ち寄ってくれと言われ、もちろん、ぜひ伺わせてもらうつもりだとぼくは答えた。

本当のところ、ぜひそうするどころの話じゃなかった。ありがたい話だった。破綻が訪れたとき、公使は完全な破滅からどうにかしてぼくを救ってくれるかもしれない。どういう方法かはわからないが、きっと何か手を考えてくれるのではないだろうか。いまさら彼に思い切ってこの秘密を打ち明けるというわけにはいかない。

ロンドンに着いて、この恐ろしい道を歩み始めたばかりの頃なら、すぐにでも話していただろうが。いまとなっては、打ち明ける勇気はない。もう深みにどっぷりはまっているのだ。とはいえ、親しくなったばかりの相手に真実を打ち明けるという危険は冒せないぐらいの深みにはまっているものの、ぼくが見たところ、まったく足が届かないほどの深みではない。というのも、あちこちで借金こそしていたが、ぼくの財力で——つまり、給料で——返済できる範囲に収まるよう気をつけていたから。当然、ぼくの給料がいくらになるかなんて知る由もないが、概算を出すだけの充分な根拠はあった。ぼくが賭けに勝ち、それだけの能力があると証明できれば——きっと証明してみせるが——あの金持ちの紳士が与えてくれるどんな地位でも選ぶことができるのだから。自分の能力は間違いなく証明できると信じている。賭けについても、心配していない。ぼくは昔から運がいいのだ。

さて、ぼくの給料だが、年収にして六百から千ポンドあたりになるだろうと見積もっている。例えば、一年目は年収六百ポンドで、そこから評価の上限に達するまで一年ごとに昇給していくとか。いまのところ、ぼくは初年度の給料分しか借金を作っていない。みんながこぞって金を貸そうとしたが、ぼくはなんだかんだとかこつけて、そのほとんどを断っていた。だからぼくが抱えている借金は、三百ポンドが借りた金で、残りの三百ポンドは生活費や買い物のツケという内訳になっている。気をつけてやりくりすれば、二年目の給料で今月の残りは持ちこたえられそうだし、充分に注意して節約するつもりだ。ひと月が終わり、雇い主が旅から帰ってきたら、もう心配はいらないだろう。ぼくはただちに二年分の給料を分けて、金を貸してくれたひとりひとりに返済し、早速仕事に取りかかるのだから。

晩餐会には十四人が参加していて、愉快なひとときを過ごした。ショアディッチ公爵夫妻と、ご令嬢のレディ・アン・グレース・エレノア・セレスト・ナンチャラカンチャラ・ド・ブーン、ニューゲート伯爵夫妻、チープサイド子爵、ブラザースカイト卿夫妻、爵位のない男女数名、公使夫妻とご令嬢、そしてこのご令嬢を訪ねてきた友人で、二十二歳のイギリス人のポーシャ・ランガムという名の娘。ぼくは二分と経たずにこのポーシャに恋をしてしまい、彼女のほうもぼくに恋をした——眼鏡をかけていなくても、そうだとはっきりわかった。招待客はもうひとり、アメリカ人がいた——が、話がちょっと先走っている。出席者はまだ応接間にいて、食前酒を飲みながら、遅れて来た客に冷やかなまなざしを向けていた。使用人がその客の到着を大声で告げた。

「ロイド・ヘイスティングズ様のご到着です」

型どおりの礼儀正しい挨拶が済むとすぐに、ヘイスティングズはぼくを目に留め、まっすぐ近づいてくると、にこやかに手を差しだした。が、握手しようとしたところでぴたりと止まり、ばつの悪そうな顔をして言った。

「これは失礼致しました、知り合いかと思ったもので」

「何を言ってるんだ、確かに知り合いじゃないか、なあきみ」

「まさか！　きみがあの——あの——」

「ベストのポケットの怪物かい？　ああ、そうだとも。遠慮せずあだ名で呼んでくれたまえ。もう慣れたからね」

「これはこれは、いや、まったく驚いた。そのあだ名と本名が一緒になっているのを一度か二度は見ていたが、そこに書かれたヘンリー・アダムズがきみだとは、思いもよらなかった。きみがサンフランシスコで給料をもらってブレイク・ホプキンズに勤めていて、残業手当が出るほど遅くまで働きながら、ぼくがグールド・カリー鉱山の拡張に関する書類と統計表を準備して確認するのを手伝ってくれてから、六か月も経たないのに。そのきみがロンドンにいて、百万長者のすごい有名人になっているとはね！　なんとまあ、アラビアン・ナイトの再来か。何がなんだかさっぱりだ。実感がわかないよ。頭の中がぐるぐる回っているから、落ち着くまで少し時間をくれないか」

「実を言うとね、ロイド、困惑しているのはぼくも同じなんだ。ぼく自身、実感がわかないいんだよ」

「いやはや、本当にびっくりじゃないか。だって、きみと『鉱山亭』で食事をしたのは、ほんの三か月前で――」

「いや、あれは『馳走軒』だった」

「そうだ、確かに『馳走軒』だったね。苦労しながら六時間かけて拡張計画の書類に取り組んだあと、午前二時にあそこへ行って、リブ付きチョップとコーヒーの食事を取ってさ、ぼくは一緒にロンドンに来るようきみを説得したんだ。きみが休暇を取れるようにして、必要経費もすべてこっちが負担するし、ぼくが売却に成功したら、儲けのいくらかはきみにやるからと提案して。なのに、きみは聞く耳を持たなかった。ぼくは成功しそうにないし、仕事の流れから外れるわけにはいかないし、戻ったあといつまでたっても仕事の要領がつかめないということになっても困るからと言って。ところが、きみはここにいる。なんともおかしなことだ！　どういうわけでここまで来て、何がきっかけでこんな信じられないスタートを切ったというんだ？」

「いやなに、ただの偶然なんだ。話せば長い――荒唐無稽な話だと言われるかもしれない。きみにすべてを話そう、でもいまじゃない」

「じゃあ、いつ？」

「今月の終わりに」

「まだ二週間以上あるじゃないか。気になって、そんなに待っていられないよ。一週間にしてくれ」

「無理だ。理由はいずれわかるよ。それはそうと、商売の調子はどうなんだい？」

朗らかな調子は一瞬にして消え、ヘイスティングズはため息混じりに言った。

「きみは本物の予言者だよ、ヘンリー、本物の予言者だった。ぼくはこっちに来るんじゃなかったよ。そのことは話したくない」

「だけど、話してくれないと。今夜、ここを出たらぼくのところに寄ってもらうよ、そしてすべて話してくれ」

「いいのか？　本気で言ってるんだね？」ヘイスティングズは目に涙を浮かべた。

「もちろんさ。ひとつ残らず、すべて話を聞かせてもらうよ」

「本当にありがたい！　これまで色々あったものだから、ぼくとぼくの仕事に対して、声に出して目を見て興味を持ってくれる相手にまた会えただけでも――ああ！　ひざまずいてもいいくらいだ！」

　ヘイスティングズはぼくの手を強く握り、元気を取り戻して、それからは元どおり陽気になって夕食を待っていた――夕食は出なかったのだが。そう、いつものことだ。イギリスの腹立たしくたちの悪い制度の下では、いつも起きていることだ――席次が決められないという問題のせいで、夕食は出なかったのだ。イギリス人は晩餐会に出かける前に必ず夕食を取っている。食いっぱぐれる危険があることを彼らは知っているからだ。それなのに、よそ者に警告してくれる者はなく、おかげで何も知らずまんまと罠にはまることになる。

　もちろん、今回は誰も困らなかった。みんな食事を済ませてきていたし、初心者はヘイスティングズだけで、彼は彼で公使から招待を受けた際に、イギリスの慣習にのっとって夕食は出ないことをあらかじめ知らされていた。みんなはご婦人の手を取り、列を作ってダイニングルームへと向かった。形だけはそうするのが常なのだ。けれどダイニングルームに入ると、口論が始まった。ショアディッチ公爵は上位に立ちたがり、一国を代表するだけで君主ではない公使より、自分のほうが地位が上だからと主張して、テーブルの上座に座ろうとした。しかし、ぼくは自分の権利を主張し、譲ろうとしなかった。ゴシップ欄でぼくは王族以外のすべての公爵より上に立っているのだから、そのことを持ちだして、ここで上席に座るのは自分だと言い張った。当然それで収まるはずもなく、あれこれ言い争った末、ショアディッチ公爵は（無分別にも）出自と歴史の古さを引き合いに出してきた。ぼくは彼が征服王*の名を出しても少しもひるまず、アダムという切り札を切った。ぼくの名前が示すように、こっちはアダムの直系の子孫だが、彼の名前と、近世のノルマン人の祖先を持つことが示すように、向こうは傍系の子孫である。

そんなこんなで、ぼくらがまたぞろぞろと列を作って応接間に引き返すと、サーディンとイチゴの軽食を載せた皿が立食形式で用意されていて、それぞれ好き勝手

＊一〇六六年にイングランドを征服したウィリアム1世のこと。

に集まって、立ったままそれを食べることになった。ここでの席次の儀式は、さほど難しいものではない。まず地位が最も高いふたりが一シリング硬貨をほうり投げ、勝ったほうが最初にイチゴを食べ、負けたほうは一シリング硬貨を手に入れる。次のふたりもコインを投げ、次のふたりも、そんな具合に続いていく。軽食が済むと、テーブルが運び込まれて、ひと勝負につき六ペンスを賭けて、全員でクリベッジ*をした。イギリス人というものは、どんなゲームもただ楽しむためにすることは決してない。勝って何かを得たり、負けて何かを失ったりしないことには——どちらの結果になろうと、それはお構いなしで——遊ぼうとはしないのだ。

　ぼくらは楽しいひとときを過ごした。ぼくらのうちのふたりは間違いなく楽しんでいた。ミス・ランガムとぼくのことだ。ぼくは彼女の魅力にすっかりやられていて、数字の連続する札が三枚以上になると、手札の計算ができなくなるほどだった。得点板の記録棒がゴールの穴に刺さっていてもまるで気づかず、また外側の列を進めている始末で、毎回ゲームに負けていてもおかしくなかっただろうが、彼女もぼくとそっくり同じ状態で、同じことをしていた。おかげで、どちらも上がりにならず、なぜ上がれないのかと不思議に思いさえしなかった。ぼくらにわかっているのは、楽しいということだけで、ほかのことは何も知りたいと思わなかったし、邪魔されたくもなかった。そしてぼくは彼女に伝えた——本当に伝えたのだ——愛していると。すると彼女は——そう、彼女は髪の毛まで染まるほど赤くなったが、喜んでくれた。彼女もぼくを愛していると言ったのだ。ああ、こんな夜は初めてだった！

　ぼくは記録棒を進めるたびにひと言添え、彼女は記録棒を進めるたびに、手札を計算するのと同時に、その言葉を受け取ったことを認めた。ぼくは「ヒズ・ヒールで二点」と言うのに、「それにしても、きみはなんて素敵なんだろう！」と言い添えずにはいられず、彼女のほうは「十五で二点、十五で四点、十五で六点、ペアで八点、八で十六点——本当にそう思ってらっしゃるの？」と言って、睫毛の下から上目遣いに見つめてきて、なんともかわいらしくて魅力的だった。それはもう、た

＊通常二名で遊ぶトランプのゲーム。最初に合計百二十一点を取った者が勝ち。

まらないほどに！

ぼくは彼女に対して、公明正大に真っ向から正直に向き合った。ぼくには、彼女もあれこれ噂を耳にしているはずの百万ポンド紙幣があるだけで、あとは一セントも持ってなく、その百万ポンド紙幣も自分のものではないのだと話した。彼女は興味をそそられたようだったので、ぼくは声を潜めて、最初からここまでのいきさつをすっかり話して聞かせた。すると、彼女は死ぬほど笑いころげた。この話のどこがそんなにおかしいのか、ぼくにはわからなかったが、とにかく笑っていたのだ。三十秒おきに新たな事柄がツボにはまって、ぼくは彼女が落ち着くまで一分半ほど待たなければならなかった。彼女はそれほどに、本当に苦しそうなほどヒイヒイ笑っていたのだ。こんなことは初めてだった。

痛ましい話――誰かが不安と恐怖を抱えて困っている話――を聞いた人が、こんな反応を示すなんて、これまでにない経験だった。楽しいことなんかちっともないときでも、こんなに楽しそうにできるのを見て、ぼくはますます彼女を好きになった。ぼくの置かれている状況からすると、そういう妻がすぐにも必要になりそうだった。もちろん、ぼくの給料が借金返済に追いつくまで、結婚するには二年は待たないといけないことを彼女に話した。でも彼女は気にしていないようで、ただ出費はなるべく抑えるよう気をつけて、三年目のお給料にまで手をつけることにならないよう、くれぐれも注意してほしいと言っていた。彼女は少しばかり心配しはじめ、わたしたちは何か間違いを犯していないかしら、一年目のお給料を実際にもらえる額より多く見積もっていないかしら、と気にしていた。理にかなった考えであり、ぼくはこれまでの自信がぐらつくのを感じた。けれど、おかげでうまい取り引きのアイディアを思いつき、率直にそれを話してみた。

「愛しいポーシャ、例の老紳士たちのもとに出向くとき、よかったらきみも一緒に来てくれないか？」

ポーシャはちょっとひるんだが、こう答えた。

「ええ、いいわ。そばにいることで、あなたを励ませるのなら。でも――そんなことをして構わないのかしら?」

「さあ、どうだろう。実のところ、まずいのかもしれない。だけど、この面談にどれだけのことがかかっているかと思うと――」

「でしたら、構おうと構うまいと、とにかくご一緒しますわ」ポーシャは美しくおおらかな顔で熱っぽく言った。「ああ、あなたのお力になれると思うと、嬉しくてたまらないわ」

「愛しい人、力になるだって? それどころか、きみにすべてをゆだねることになるはずだよ。こんなに綺麗で、かわいらしくて、愛嬌たっぷりなんだからね、きみが一緒にいてくれれば、あの善良な老紳士たちは、頭を悩ませることもなく、破産するまでぼくの給料を上げてくれるだろう」

いやはや! 彼女が頰を鮮やかなばら色に染め、どんなに嬉しそうに目を輝かせていたか、読者のみなさんにも見せてあげたいほどだった!

「まあ、いやな人ね、お上手なんだから! あなたの仰しゃる言葉に本当のことはひとつもないけれど、やっぱりあなたとご一緒しますわ。ほかの人の見方はあなたとは違うということを、思い知ることになるかもしれませんわね」

ぼくの迷いは解消しただろうか？　ぼくの自信は回復しただろうか？　それは、この事実から判断してもらおう。ぼくはひそかに、一年目の給料をその場で千二百ポンドまで引き上げていた。が、彼女には黙っておいた。あとで驚かせてやるのだ。

帰り道はずっと、ぼくはうわの空で、ヘイスティングズが話しているのに、ひと言も聞こえていなかった。客間に入ると、贅を尽くした居心地のよい空間をヘイスティングズが絶賛する声で我に返った。

「少しのあいだここに立ったまま、心ゆくまで眺めさせてくれ！　まいったな、まるで宮殿じゃないか。宮殿そのものだよ！　しかも、望むものはなんでも揃っているときた。暖かい石炭の燃える暖炉に、夕食まで用意されていて。ヘンリー、きみがどんなに金持ちか思い知らされただけじゃない。ぼくがどんなに貧しいか、骨の髄まで徹底的に思い知らされたよ——貧しく、惨めで、打ちのめされた負け犬で、もうおしまいだってことを、いやというほど！」

　ちくしょう！　ぼくはヘイスティングズの言葉を聞いて、ぞっとしてしまった。恐ろしさにすっかり目が覚め、ぼくは厚さが半インチしかない地面の上に立っていて、その下には噴火口が待ち構えているのだということを自覚した。夢を見ていたことに、自分では気づいていなかったのだ——つまり、ここしばらくは自分に気づかせないようにしていたのだ。だけど、いまは——ああ、なんという！　借金まみれで、一文無しで、素敵なお嬢さんを幸せにするのも悲しませるのも自分しだいで、目の前にあるのは、現実には手に入らないかもしれない——いや、きっと手に入らない——給料だけだ！　ああ、ああ、ああ、ぼくは絶望のどん底にあり、救ってくれるものは何もないのだ！

「ヘンリー、きみが一日に手にする収入のうち、取るに足らない微々たる金額でも——」

「うん、ぼくの一日の収入か！　さあさあ、この温かいスコッチを飲んで、元気を出してくれよ。ほら、乾杯！　いや、そうか――腹が減ってるだろう。座って――」

「ぼくだったら、ひと口もいらないよ。もうそれどころじゃないんだ。最近は食事が喉を通らなくてね。でも酒なら、ぶっ倒れるまでつき合うよ。さあ、飲もう！」

「よしきた、とことん飲み明かそう！　いいね？　ほら、一気だ！　さて、ロイド、ぼくが酒を温めるあいだに、きみの話を聞かせてくれ」

「話を聞かせろって？　もう一度かい？」

「もう一度？　そりゃまた、どういう意味だ？」

「だからさ、もう一度、最初から聞きたいのかってことだよ」

「もう一度、最初から聞きたいかって？　こいつは難問だな。ちょっと待った。これ以上、酒は飲むなよ。きみはもう充分、酔っ払ってるんじゃないか」

「おいヘンリー、おどかすなよ。ここまでの道すがら、きみにすべて話したじゃないか」

「きみが？」

「そうだよ、ぼくが」

「まさか、ひと言だって聞いちゃいないよ」

「ヘンリー、真面目な話なんだぞ。ぼくは苦しんでいるんだ。きみ、公使のところで何に気を取られていたんだい？」

すると、パッとすべてがひらめき、ぼくは男らしくすべてを白状した。

「ぼくはこの世で誰よりも愛する女性を見つけたんだ――彼女のとりこだよ！」

それを聞くと、ヘイスティングズはぼくのもとに飛んできて、ぼくらは手が痛くなるまで固い握手を繰り返した。ヘイスティングズは帰り道に三マイル歩くあいだずっと話していたというのに、ぼくがひと言も聞いていなかったことを責めなかった。本当にいいやつで、ただじっと患者みたいに座って、また一から話を聞かせてくれた。

要約すると、こういうことだ――ヘイスティングズは大きなチャンスを掴めると思って、イギリスにやって来た。彼は《鉱区境界設定者》にグールド・カリー鉱山拡張事業の《売買選択権》を売ろうとしていて、百万ドルを越えた分は自分の儲けにできるはずだった。ヘイスティングズは必死に働き、使えるだけのコネを使って、正当な方法はやり尽くして、ほぼ全財産を遣いきったというのに、耳を貸そうとする資本家はひとりもなく、今月末には販売権の期限が切れることになっていた。ひと言で言えば、破産ということだ。と、ヘイスティングズは飛びあがって叫んだ。

「ヘンリー、きみならぼくを救えるんだ！　きみならぼくを救えるし、それができるのは世界できみだけなんだよ。助けてくれないか？　助けてくれる気はないか？」

「ぼくはどうすればいい。なあ、はっきり言ってくれよ」

「ぼくの《オプション》と引き換えに、百万ドルと帰りの旅費をくれないか！　頼むから、**決して**断らないでくれ！」

　ぼくはある種の苦しみにもだえていた。「なあロイド、ぼくも貧乏なんだ――一文無しで、借金まで抱えているんだよ！」……そんな言葉がいまにも口をついて出そうだった。だが、白熱したアイディアが頭の中に燃え上がり、ぼくはぐっと歯を食いしばって、資本家なみに冷静になるまで心を落ち着かせた。やがて、商売人らしい冷静な口調で言った。

「ロイド、きみを救ってやろう――」

「それを聞いて、もう救われたよ！　永遠に神のご加護がきみにありますように！　もしもぼくが――」

「なあ、最後まで言わせてくれよ。きみを救ってやるが、きみの言うやり方でじゃない。きみはこれまで一生懸命働いて、危険も冒してきたんだから、そのやり方だと報われないだろう。ぼくは鉱山を買う必要はない。ロンドンのような商業中心地にいれば、鉱山を持たなくても資本を動かしつづけることはできるんだから。ぼくが終始しているのは、そういうことさ。でも、これからしようとしているのは、こういうことなんだ。当然ぼくは、あの鉱山のことなら何から何まで知っている。どれほど大きな価値があるかも知っているし、お望みとあらば誰の前でもそのことを誓って言える。きみはぼくの名前を好きに使って、二週間以内にオプションを三百万ドルで売却し、その金をきみとぼくとで山分けするんだ」

わかるかい、ヘイスティングズときたら、ぼくがつまずかせて縛り上げてやらなかったら、跳ね回って家具をたきつけの木っ端にして、そこらにあるものすべてを壊していたぐらい、とんでもない喜びようだった。

やがて彼は文句なしに幸せそうに寝転んで言った。

「きみの名前を使わせてもらえるって！　きみの名前を——考えてみろよ！　金持ちのロンドンっ子たちが、こぞって群がってくるだろう。あの株を競って買いたがるぞ！　ぼくは成功者だ、死ぬまでずっと成功者だ。生きている限り、きみのことは決して忘れないよ！」

二十四時間と経たずに、ロンドンはハチの巣をつついたような騒ぎになった！　来る日も来る日も、ぼくは何もすることはなく、ただ家で座っていて、訪ねてくる相手にこう話すだけだった。

「ええ、ぼくのことを引き合いに出すよう、確かに彼に言いました。彼のことも、あの鉱山のことも、ぼくはよく知っていますからね。彼は非の打ちどころがない人格者だし、あの鉱山は彼が提示している金額より遥かに値打ちがありますよ」

そうこうするいっぽうで、毎晩ぼくは公使の邸宅でポーシャと過ごした。鉱山のことはポーシャにはひと言も話さなかった。あとで驚かせるお楽しみに取っておくのだ。ぼくたちは給料のことを話した。話すことといったら、給料と愛についてだけだった。ときには愛、ときには給料、ときには愛と給料をいっぺんに。それに、まあ！　公使夫人とご令嬢はぼくらの恋愛を応援して、邪魔が入らないようにとあれこれ工夫を凝らし、公使にはこのことを隠して怪しまれないようにしてくれた――まったく、なんて素晴らしい女性たちだろう！

いよいよその月の終わりがやって来たとき、ぼくはロンドン・アンド・カウンティ銀行に百万ドルの貯金ができていたし、ヘイスティングズも同様に余裕ができていた。ぼくはせいいっぱいめかし込み、ポートランド街にあるあの屋敷の前を通り過ぎ、その様子から目的の相手が帰宅していると判断し、そのまま公使の邸宅へ愛する人を迎えにいって、給料について熱っぽく話しながら、あの屋敷に引き返し始めた。ポーシャはとても興奮していたし、不安そうでもあり、おかげでたまらなく美しく見えた。そこで、ぼくは彼女にこう言った。

「ねえ、かわいい人、きみはそんなに綺麗なんだから、年収三千ポンドを一ペニーでも下回る給料を要求するのは、罪というものだよ」

「ああヘンリー、そんなことをしたら、わたしたちおしまいよ！」

「心配はいらないさ。その美貌を保って、ぼくを信じてくれればいいんだ。すべて上手くいくからね」

結局、ぼくは歩くあいだずっとポーシャを励ますことになった。彼女はぼくに懇願しつづけていた。

「お願いだから、高望みしすぎるとお給料がまったくもらえなくなるかもしれないってことを、どうか忘れないで。そんなことになったら、わたしたちはどうなってしまうの？　生計を立てるすべが何もなければ？」

ぼくらはまた例の使用人に案内され、そこには彼らが待っていた、あのふたりの老紳士が。言うまでもなく、彼らはぼくが連れている素晴らしい女性を見て驚いていたが、ぼくは言ってやった。

「なに、ご心配には及びませんよ。この人は、ぼくを支えてくれる未来の妻です」

そしてぼくはポーシャにふたりの老紳士を紹介し、彼らを名前で呼んだ。ふたりは驚かなかった。ぼくにだって住所氏名録ぐらい調べられるとわかっていたのだ。老紳士はぼくらを座らせ、ぼくを非常に礼儀正しく扱い、ポーシャがばつの悪い思いをしないよう細やかに気遣い、彼女がくつろげるようせいいっぱい心配りをした。

そのあと、ぼくは口を開いた。

「それでは、ご報告させて頂きます」

「それを聞けて嬉しいよ」と、ぼくに賭けたほうが言った。「これでやっと、わたしと兄のエイベルのどちらが賭けに勝ったか、わかるのだからね。もしもきみがわたしのために勝ってくれたなら、望みどおりの地位を与えよう。あの百万ポンド紙幣を持っているかね？」

「はい、ここに」ぼくは紙幣を差しだした。

「わたしの勝ちだ！」と彼は叫び、エイベルの背中をピシャリと叩いた。「さあ兄さん、なんと言うかね？」

「彼は確かに生き延びて、わたしは二万ポンドを失ったと言おう。まさかこうなるとは、思いもしなかったが」

「まだご報告することがあります。しかも、かなり長い話になります。また近々お邪魔して、この一か月に起きた出来事を詳しくお話しさせてください。耳を傾けるだけの価値がある話だとお約束いたしましょう。とりあえず、これをご覧ください」

「おや、なんと！　二十万ポンドの預金証書？　きみのものかね？」

「ぼくのものです。あなたがたが貸してくださった、あのささやかな貸し付けを三十日間賢く使って、稼ぎました。使い道としては、ちょっとしたものを買って、あの紙幣を出すというだけでしたが」

「これはこれは、驚きじゃないかね！　信じられんよ、きみ！」

「信じなくても結構ですよ、証明してみせますから。裏づけはちゃんとあります」

ところが、今度はポーシャが驚く番だった。彼女は大きく目を見開いて言った。

「ヘンリー、それは本当にあなたのお金なの？　わたしにずっと嘘をついていたの？」

「確かに嘘をついたよ、かわいい人。でもきみは許してくれるだろう、ぼくにはわかってるんだ」

　ポーシャは口をとがらせてふくれっ面をした。

「それはどうかしら。こんなふうにわたしをだますなんて、いけない人ね！」

「機嫌を直してくれよ、愛しい人、わかってくれるだろう。ちょっとふざけただけなんだ。ほら、もう行こう」

「いやいや、待ちたまえ！　まだ地位のことがある。きみに地位を与えたいのだ」

ぼくに賭けた紳士が言った。

「この上なくありがたいお話ですが、実は地位は欲しくありません」

「だが、わたしが与えられる中で最高の地位がきみのものになるのだぞ」

「改めまして心から感謝します。ですが、最高の地位であっても欲しくありません」

「ヘンリーったら、わたし、あなたが恥ずかしいわ。あなたったら、この立派な紳士にろくに感謝もしてないんだから。わたしが代わりに感謝を表しましょうか？」

「ぜひそうしてくれたまえ、愛する人、ぼくより上手くできるのなら。お手並み拝見だ」

ポーシャはぼくに賭けた紳士のもとへ近づいていくと、膝の上に腰かけて、両手を首に回し、まともに唇にキスをした。そのあと、ふたりの老紳士は大声をあげて笑いだしたが、ぼくはあぜんとして、言うなれば、ただ石のように固まっていた。

するとポーシャが言った。

「ねえパパ、あの人ったら、パパが与えられる地位の中に欲しいものはないなんて言っているのよ。わたしも同じぐらい傷ついて――」

「愛しいきみ！　――そちらの紳士は、きみのパパなのか？」

「そうよ、義理の父親だけど、誰よりも素敵なパパよ。これでわかったでしょう、あの公使の晩餐会で、わたしが娘だとも知らずに、パパとエイベル伯父さんの企みのせいであなたがどんな困難に見舞われているか話してくれたとき、わたしが笑っていたわけが」

当然のことながら、ぼくは少しもふざけることなく、ただちに口を開き、単刀直入に言った。

「あの、申し訳ありませんが、前言撤回します。あなたはぼくが求めている地位をひとつお持ちです」

「言ってみたまえ」

「義理の息子という地位です」

「おや、おや、なんとまあ！　しかし、きみにその立場の経験がないのなら、契約条件を満たすことを示せる推薦状を提出できるはずもなかろうし――」

「ぼくを試してみてください——ぜひとも、お願いです！　ほんの三、四十年お試し頂いて、もしも——」

「なるほど、よかろう。そんなささやかな望みぐらい。娘を連れていきたまえ」

ぼくたちふたりが幸せかって？　それを余さず完全に言い表せるだけの言葉など存在しない。一日か二日後、あの紙幣を手にしたぼくの一か月の冒険と、それがどんな終わりを迎えたのか、ロンドン中にすべての出来事が知れわたったとき、人々はその噂話をして楽しいひとときを過ごしたかって？　そのとおりだ。

愛するポーシャのパパは、あの親切で客扱いのよい紙幣をイングランド銀行に戻し、現金に換えた。銀行は百万ポンド紙幣に無効印を押し、彼にプレゼントした。ポーシャのパパはそれを結婚式のお祝いにくれて、それ以来ずっと、額に入れて我が家のいちばん神聖な場所に飾ってある。この紙幣がぼくにポーシャを与えてくれたのだ。この紙幣がなければ、ぼくはロンドンにとどまることはできず、公使の晩餐会に出席することもなく、ポーシャには決して出会えなかったはずだ。だから、ぼくはいつもこう言っている。「そうとも、見てのとおり、これは百万ポンドの値打ちのあった紙幣だ。でも、これを使って買ったものはひとつしかない。しかも額面の十倍は価値があるものが手に入ったんだ」

訳者あとがき

マーク・トウェインの本名はサミュエル・ラングホーン・クレメンズといい、一八三五年にアメリカのミズーリ州で生まれました。この年はハレー彗星が観測されていて、トウェインは「自分は次のハレー彗星と共に地球を去るだろう」と予言しています。作家になる前は印刷所で働いたり、ミシシッピ川の蒸気船の水先案内人になったり、さまざまな経験を積みました。「マーク・トウェイン」とは、蒸気船が座礁せずに通れるぎりぎりの深さを表す「水深二尋」という意味です。短期間だけ南北戦争に従軍したあと、新聞記者になると、エッセイや旅行記などを発表し、一八七六年には大ベストセラー『トム・ソーヤーの冒険』を出版しました。

トウェインは予言どおり、再びハレー彗星が地球に接近した一九一〇年に亡くなりました。生前に自伝を書き残していましたが、それを「自分が死んでから百年間は世に出さないように」と伝えました。その理由は、登場する人たちのことを気遣ったためとも言われていますが、トウェインが百年先にいる読者をも楽しませてくれる作家だったのは間違いありません。ここに集めた短編も、百年以上前に書かれたとは思えないほど、いま読んでも新鮮な驚きと楽しみを与えてくれます。

トウェイン作品の大きな特徴は、常にユーモアを忘れないことです。そして、それは色褪せることがなく、いまわたしたちが読んでも素直に笑え、茶目っ気たっぷりの愛すべきこの作家に親しみを感じずにはいられません。こちらに収めた作品は、夢のあるサクセスストーリーや大事なことを考えさせられる物語など、バラエティーに富み、トウェインの作風を存分に楽しんでもらえると信じています。

これらの中で、『実話』は黒人奴隷が自らの境遇を語り聞かせる作品となっています。シリアスな内容でありながらも暗さを感じさせず、つらい目に遭いながらたくましく生きてきた女性の語り口に引き込まれてしまいます。この時代は、奴隷を持つことが当たり前のように認められていて、トウェインの家でも黒人奴隷が働いていました。奴隷はお金で売買され、家族と引き離されて厳しい環境で働かされていたのです。トウェインは奴隷の子どもたちと遊び、親しくしていたようです。有名な『ハックルベリー・フィンの冒険』でも、主人公のハックが逃亡しようとする黒人奴隷と共に旅をします。これらの作品から推測できるのは、トウェインが彼らに対して、奴隷としてではなくひとりの人間として興味を持ち、物語を見いだしていたということです。トウェインには、肌の色も階級も関係なく、ひとりひとりの人生が特別な冒険に見えていたのではないでしょうか。だからこそ、作品に登場する人々が、読者の心をつかんで離さないのだと思うのです。わたしたちも、苦労も困難もユーモアに変え、人生という冒険を楽しめたらいいですね。

最後に、編集の小宮山民人さん、大石好文さん、郷内厚子さんにたいへんお世話になりました。この場をお借りしてお礼申し上げます。

二〇一七年一月

堀川志野舞

| 作者 |

マーク・トウェイン

Mark Twain

1835年アメリカ・ミズーリ州に生まれる。『トム・ソーヤーの冒険』『ハックルベリー・フィンの冒険』などで読者を魅了しただけでなく、作家にも多大な影響を与え、「最初の真のアメリカ人作家」「あらゆる現代アメリカ文学は、マーク・トウェインの『ハックルベリー・フィン』と呼ばれる一冊に由来する」などと評価されている。小説のほか、エッセイや旅行記ものこしている。1910年没。

| 訳者 |

堀川志野舞

Shinobu Horikawa

訳書に『14歳でごめんなさい』『天国からはじまる物語』『失くした記憶の物語』『ホテル・ルワンダの男』『愛は戦渦を駆け抜けて 報道カメラマンとして、女として、母として』『いつかぼくが帰る場所』『ジャストインケース―終わりのはじまりできみを想う』『狼の王子』など多数ある。

| 画家 |

ヨシタケ シンスケ

Shinsuke Yoshitake

1973年神奈川県に生まれる。筑波大学大学院芸術研究科総合造形コース修了。『りんごかもしれない』で第6回MOE絵本屋さん大賞第一位、第61回産経児童出版文化賞美術賞などを『もうぬげない』で第26回けんぶち絵本の里大賞を『このあとどうしちゃおう』で第51回新風賞を受賞。ほか作品多数。

世界ショートセレクション ❹

マーク・トウェイン ショートセレクション
百万ポンド紙幣

2017年2月　初版
2024年9月　第8刷発行

作者　マーク・トウェイン
訳者　堀川志野舞
画家　ヨシタケ シンスケ
発行者　鈴木博喜
編集　郷内厚子
発行所　株式会社 理論社
〒101-0062 東京都千代田区神田駿河台2-5
電話 営業03-6264-8890 編集03-6264-8891
URL https://www.rironsha.com
デザイン　アルビレオ
組版　アズワン
印刷・製本　中央精版印刷
企画・編集　小宮山民人　大石好文

ISBN978-4-652-20177-0　NDC933　B6判　19cm　207p